19
落第騎士の英雄譚《キャバルリィ》
A TALE OF WORST ONE

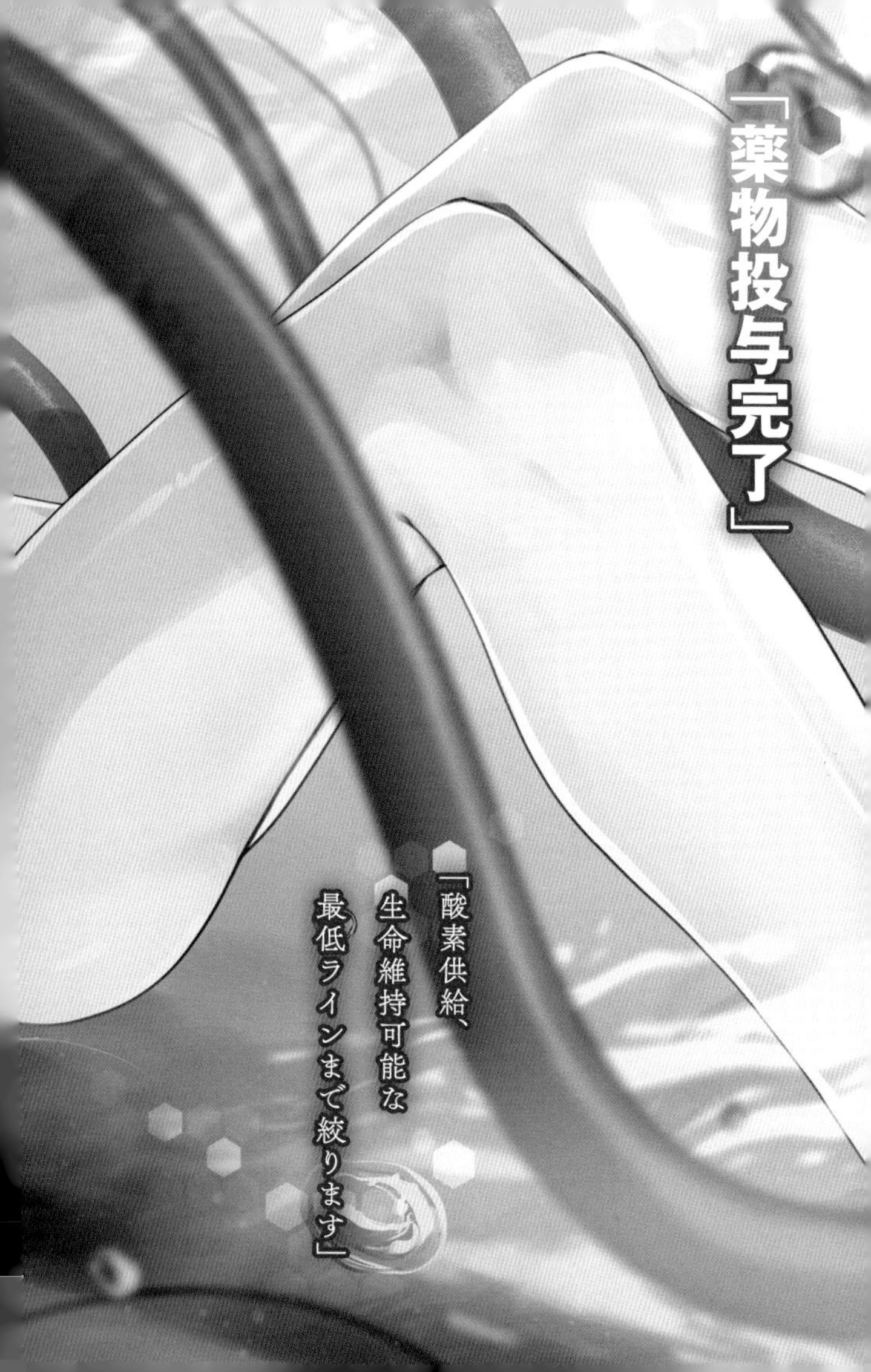
「薬物投与完了」
「酸素供給、
生命維持可能な
最低ラインまで絞ります」

「意識レベル、施術適応水準まで低下を確認」
「ではこれより『母体』から不要なステラ・ヴァーミリオンの人格を削除する」

この場所にいたるまでに、
一輝たちは誰もが相応の死線
を越えてきた。
もはや寄せ集めの烏合の衆
では足止めにすらならない。
「時間がもったいない。
力で押し通りましょう」

取り戻す!!!!」

「僕の最弱を以て、
君の最愛《あこがれ》を

Contents

落第騎士の英雄譚《キャバルリィ》 19

海空りく

GA文庫

カバー・口絵・本文イラスト
をん

これまでのあらすじ

《傀儡王《かいらいおう》》オル＝ゴールの暴走により全世界の社会機能が一時的に麻痺《まひ》。多くの犯罪者が脱走し世界が混乱している中、日本もまた二つの未曾有の危機に直面した。

一つは脱獄囚《大炎《たいえん》》播磨天童《はりまてんどう》が《災害》の能力により引き起こした九州の混乱。そしてもう一つは、ほぼ時を同じくして発生した《大国同盟《ユニオン》》の偽旗作戦を発端とする、米国太平洋艦隊の大侵略である。

《連盟》と《同盟》、《解放軍《リベリオン》》という存在を失い三竦《すく》みの構造が崩れたことで発生した、戦後最大の軍事衝突。この危機に際して目覚ましい活躍を見せたのは、若い騎士たちだった。

《雷切《らいきり》》東堂刀華《とうどうとうか》。《浪速《なにわ》の星》諸星雄大《もろぼしゆうだい》。《剣士殺し《ソードイーター》》倉敷蔵人《くらしきくらうど》。若い学生騎士三名は、力を合わせ《大炎》播磨天童を撃破。《大国同盟《ユニオン》》との決戦の地となった東京湾では《世界時計《ワールドクロック》》新宮寺黒乃《しんぐうじくろの》が、家族のために一度は捨てたその類まれなる素質を開花させ、《大国同盟《ユニオン》》の切り札であった米国特殊能力戦闘部隊《サイオン》を構成する《暴君》のクローン、《超人《ザ・ヒーロー》》エイブラハム・カーターの集団を打ち倒した。

さらには残ったダグラス・アップルトンの戦艦型霊装《デバイス》《エンタープライズ》をはじめとす

る太平洋艦隊も、ヴァーミリオンから合流した《夜叉姫《やしゃひめ》》西京寧音《さいきょうねね》と《紅蓮《ぐれん》の皇女》ステラ・ヴァーミリオン、そして《落第騎士《ワーストワン》》黒鉄一輝《くろがねいっき》の活躍により沈黙。拉致されていた首相・月影獏牙《つきかげばくが》も《風の剣帝》黒鉄王馬《おうま》の手により救出され、日本は同時期に訪れた二つの危機をどうにか凌《しの》ぐことが出来た。

——そのように見えた。

しかしそうではなかった。《同盟》を唆《そそのか》しこの大侵攻の絵を描いた男は、全く別の目的で動いていたのだ。

その男の名は《大教授《グランドプロフェッサー》》カール・アイランズ。

彼は『完全な人類』の創造という己《おのれ》の野心のために、ステラの身体を欲していた。米国の軍事顧問という立場を用い《同盟》を嗾《けしか》けたのもすべては彼女を手に入れるため。だがこの真実は米軍基地に攻め込んだ《比翼》エーデルワイス、《闘神》南郷寅次郎《なんごうとらじろう》、《饕餮《トウテツ》》フー・シャオリーの三人と共に、基地の自爆により地中深くに埋められてしまう。

故に彼の奇襲は完全に成功した。

大きな戦いを潜《くぐ》り抜け、緊張の糸が緩んだ一瞬。その一瞬を突きアイランズはステラを気絶させ、阻もうとした一輝に致命傷を負わせる。大きな爆発音《ばくはつ》を聞きつけ駆けつけた珠雫《しずく》が見たのは瀕死《ひんし》の一輝の姿だけ。ステラは『完全な人類』を生み出すための母体として拉致されてしまったのだった。

落第騎士の英雄譚《キャバルリィ》

章間

囚われの皇女

栃木県日光市。

雲間から差す月明かりに青白く照らされた山間に、解体のめどが立たないまま打ち捨てられた廃墟《はいきょ》群がある。

江戸から明治にかけ銅や錫《すず》を採掘していた鉱山跡だ。

かつては巨万の富を生んだ精錬工場や、活気に満ちていた炭鉱住宅も、長い時間の中で風化し朽ち果て、むき出しになった錆《さ》びだらけの鉄骨は巨人の骸《むくろ》のようにも見える。

いつ崩れてもおかしくない瓦礫《がれき》の城は、とうの昔に立ち入り禁止とされ、廃墟マニアや警備会社の人間が時折巡回に来る程度だ。

だからこそ、誰《だれ》が考えようか。

とうの昔に閉山された坑道の一本、最奥に存在する昇降機が一機、未だ稼働しているなどと。

ましてやその昇降機で縦穴を下った先に、最新の科学テクノロジーの粋《すい》を集めた、《大教授《グランドプロフェッサー》》カール・アイランズの秘密ラボが存在するなどとは。

カール・アイランズの秘密ラボ。

五層の要塞区画と《解放軍《リベリオン》》崩れの傭兵《ようへい》団により厳重に守られた研究区画。

その最奥に——カール・アイランズにより拉致された《紅蓮《ぐれん》の皇女》ステラ・ヴァーミリオンは囚《とら》われていた。

「すばらしい……！　なんというスペックなんだ！」

「筋力はもちろん、神経伝達速度、代謝、すべてが人類としての水準を遥《はる》かに超越している」

「薬物に対する抵抗力も無類だな。投与する端から抗体を生成している。常に配合を変えなければ目覚めてしまうぞ」

透明な薬液が満たされたカプセルの中で眠るステラ。

頭部には目元を覆《おお》うゴーグル型の装置が取り付けられており、装置から天井《てんじょう》に伸びるコードを通してステラの脳波が読み取られ、カプセルの周りを回転しながら上下するリング型の機械が彼女のあらゆる身体情報をスキャンし数値化する。

そうして計測されたデータを見た白衣の研究者たちは、その内容に歓喜の声を上げた。

そこにステラをここへ運び込んだアイランズ本人がやってくる。

「やあやあ。検査は順調かね。諸君」

「アイランズ博士！」

「こちらを」

研究者の一人がタブレット端末に、ステラの身体データをまとめたカルテを表示しアイランズに手渡す。

それを一読し、アイランズはヤニで黄ばんだ歯を覗《のぞ》かせて醜悪に微笑《ほほえ》んだ。

「フフ……やはり私の思っていた通りの素晴らしい素材だ」

アイランズと彼が率いる研究集団は、一つの目的を掲げて活動している。

それは今回《連盟》に濡《ぬ》れ衣《ぎぬ》を着せ、世界正義を名乗り戦争を仕掛けた《同盟》のように世界の実権を我が物とすることではない。

史上最強の生命体の創造。

より本質的に言えば、現時点で考えうる最も進化した人類の創造である。

時間ごと氷漬けになったが故に保存されていた《暴君》の霊装《デバイス》《ブルトザオガー》を目にしたとき、アイランズは、かつて世界に動乱を巻き起こした巨大な力を手本として、より進化した人類を自らの手で生み出す研究を開始した。

そうして、世界最高峰の水使いであるアイランズだけが扱える命を生み出す魔法――《細胞魔法》を用い作り出されたのが《暴君》のクローン、エイブラハム・カーターだった。

しかし、このエイブラハムプロジェクトは結果として失敗に終わった。

彼らは確かに《暴君》の能力と《魔人《デスペラード》》に匹敵《ひってき》する魔力を有してはいたが、あくまでアイランズの《細胞魔法》で生み出された魔法生物。自己《エゴ》を持っておらず、自己を持たぬ故に《魔人《デスペラード》》として成長することもなかったのだ。

「人間ではない。それがエイブラハムプロジェクトが抱える潜在的な欠陥だった。だから我々はよりアナログな手段をとることにした」

それは《暴君》を模すのではなく、《暴君》の魂そのものを素材として用いることだ。

《細胞魔法》を駆使し、《暴君》の魂の結晶である霊装《デバイス》《ブルトザオガー》を人間の生殖細胞に加工、《暴君》の魂を科学的に輪廻《りんね》させる。

だがそのためには『母体』が必要だ。

それもただの『母体』では駄目だ。

人間が二つの遺伝子情報を掛け合わせ形作られる存在である以上、生半可な『母体』では遺伝子を劣化させるだけ。

人類史上最大の魔力を誇る魂を宿らせるに値する、優秀な『母体』でなければ。

アイランズはそれを求め、探し続け、そして見つけたのだ。

エイブラハムを通して見た《七星剣武祭《しちせいけんぶさい》》で、彼の願いに能《あた》う少女を。

「喜びたまえ。君は人類を新たな段階へ導く最初の一歩を踏み出す存在の母になるのだ」

計測した数値はいずれもアイランズの要求を満たしている。

この配合は素晴らしい結果を生み出すことになるだろう。――だが、

「とはいえ、必要なのは肉体だけでね」


人類としての領域をはみ出した《魔人《デスペラード》》の母体。

必要なのはそれだけで、ステラという人間ではない。

むしろステラという人格の存在は、このプロジェクトの弊害になりうる。

彼女が意識を取り戻した時、身に宿した子供を歓迎することなどありえないのだから。

極めて危険な要素だ。

暴君の霊装《デバイス》《ブルトザオガー》から取り出した魂の構成情報。それを元に《細胞魔法》で作り出せた生殖細胞の数は限られている。失敗は許されない。生殖細胞を打ち込む前に危険な要素は排除するに限る。

「今《連盟》の連中の注意は《同盟》に向いている。警戒網も領海線にほぼほぼ向けられていて、足元で蠢《うごめ》く我々の動きに気付くのには時間がかかるだろうが……、この国には『善は急げ』という言葉がある。可能な限り迅速にとりかかろうじゃないか」

「すでに検査は終了し、準備は出来ております」

「よろしい。ではこれより『母体』から不要なステラ・ヴァーミリオンの人格を削除する」

アイランズの号令を受け、研究員たちがカプセルの周囲のコンソールを操作する。

それに応じ無色透明だったカプセル内の薬液が朱色に輝き始め、

『────、────ッ』

力なく浮かぶだけだったステラの身体が大きく反りかえる。

四肢がピンと限界まで張り詰め、大きく開かれた口からは泡が吐き出され、全身が激しく痙攣《けいれん》する。

「薬物投与完了」

「酸素供給、生命維持可能な最低ラインまで絞ります」

「意識レベル、施術適応水準まで低下を確認」

「エイブ。迅速に。かつ丁寧に、な」

アイランズの言葉に、研究員の一人、白衣を纏《まと》った金髪の青年エイブラハムは機械的に頷《うなず》きながら、ステラを納めたカプセル正面のデスクに座る。そこはステラの頭部に取り付けられたゴーグル型の機材の操作端末《コンソール》だ。

彼が座ると同時にデスクの上に、人間の脳の形のホログラムが浮かび上がる。このホログラムにエイブラハムの籠手《こて》の霊装《デバイス》《ゴスペル》で触れて、彼の持つ能力の一つ《精神操作《マインドコントロール》》を発動することで、接続された対象の脳により強力な干渉を行うことが出来る。

加えてステラを収容するカプセルは、各種薬剤によるバイタルコントロール、圧力操作や酸素濃度の調整によってステラを心身共に衰弱させ、この干渉を補助するのだ。

故に、

「施術終了は約五時間後です」

「大変よろしい」

ステラに残された時間は、決して多くなかった。

第四章
闇を切り裂いて

『──ッ、────────ッ！』
遠くから誰《だれ》かの声が聞こえる。
一体誰の声だろうか。
それはとても遠く、小さく、個人を特定できるようなものではなかった。
『──っ！　────さまっ！』
だが何故《なぜ》だろう。とても必死なのが伝わってくる。
だから黒鉄一輝《くろがねいっき》はその声が誰のものか、どこから聞こえてくるのかを知ろうとした。
しかし彼の瞳《ひとみ》には何も映らない。
闇《やみ》。闇だけが無限に広がって、その闇の中に声が反響している。
──いや、違う。
彼は気づく。闇が広がっているのではなく、自分が目を閉じているのだと。
ならば目を開けなければ。
そう思考できるほどに意識が回復した瞬間、

「お兄様ッ！」

破軍《はぐん》学園保健室のベッドの上で、黒鉄一輝は昏睡《こんすい》から目を醒ました。

「……珠雫《しずく》……」

「お兄様！　よかった……っ！」

ずっと一輝に呼びかけていた妹の黒鉄珠雫が、安堵《あんど》の笑みを零《こぼ》す。

「先輩、目を醒ましたの⁉」

「珠雫さんの処置が早かったおかげですね」

「ええ、ひとまずは安心ね……」

ベッドの脇《わき》には珠雫だけでなく、同級生の日下部加々美《くさかべかがみ》、東堂刀華《とうどうとうか》、そして有栖院凪《ありすいんなぎ》の姿もある。

三人とも珠雫同様、極度の緊張から解放されたように、顔に疲労を滲《にじ》ませていた。

「アリス……。加々美さん……東堂さん……。あれ……どうして」

「それはこっちのセリフです！　私達と別れた後いったい何があったんですか⁉」

「そうですよ。爆発音《ばくはつ》が聞こえたと思ったら、先輩が倒れてて、背中が……丸ごと無くなってて……珠雫ちゃんがすぐに処置しなかったら絶対に死んでましたよ！」

「もしかして米軍がまだ潜んでいたんですか？」

「米、軍……────っ！」

刀華の口からその言葉を聞いた瞬間、未だ朧気《おぼろげ》だった一輝の意識は急速に覚醒《かくせい》。自分が昏倒《こんとう》する間際《まぎわ》の出来事を思い出す。つまりは、アイランズにステラを拉致されたことを。

「ステラッッ‼」

彼は弾《はじ》かれるようにベッドから跳ね起きる。

「あっ！　お兄様！　まだ動いてはダメですよ！」

「珠雫！　ステラは⁉　僕の側《そば》にステラはいなかった⁉」

「いえ。あの場所に倒れていたのはお兄様だけでしたが……」

「っっっ〜〜〜……！」

一輝の顔から血の気がなくなる。

その表情はただならぬ事態が発生していることを、四人に理解させるには十分だった。

「落ち着きなさい一輝。まずは話を聞かせて頂戴」

「ステラさんの身に、なにかあったんですか？」

アリスと刀華は一輝を宥《なだ》めつつ、事態の把握をしようと尋ねる。

これに一輝は、銭湯の前で皆と別れたあと自分とステラの身に起きた出来事を語る。

「っ、ステラが攫《さら》われた……！　攫ったのは米国のカール・アイランズだ！」

「《大教授《グランドプロフェッサー》》……!!」

この世界の学生騎士ならば知らない者などいない、この世で唯一命を作り出せる《細胞魔法》を操《あやつ》る世界最高の水使い。その大人物の名に四人の顔が驚愕《きょうがく》の色に染まった。

「ど、どうして……?」

加々美が困惑した表情で言う。

「米軍はもう領海外に撤退して、《連盟》と《同盟》の停戦協議の準備が始まったこのタイミングで、米国の軍事技術顧問も務める《大教授《グランドプロフェッサー》》がステラちゃんを攫うなんて、一体何の目的で……?」

「ステラさんを人質に、戦争責任のなすりつけ合いを有利にしようとしているとか?」

この珠雫の推測を一輝は否定する。

「いや……口ぶりからすると、彼は彼の意思で動いてるようだった」

『この少女は私が貰《もら》う。彼女には私の悲願、私の夢、『究極の生命体』を生み出す聖母になってもらう』

あのヤニで黄ばんだ口から語られた言葉。そこには珠雫が推測したような合理性はなかった。

もっと非合理な妄執を感じる。

これにはアリスも同意を示した。

「そうね。あたしは《隻腕の剣聖》の配下だったから、彼のことを直接知っているわけではないけれど、彼には様々な顔があるわ。

世界最高の水使い。

《解放軍《リベリオン》》の最高幹部の一人。

米国の軍事技術顧問。

《連邦準備制度理事会《FRB》》議長。

そして世界に無償で医療を提供するＮＰＯ団体の代表――

伐刀者《ブレイザー》として、資産家として、科学者として、国家の要人として、篤志家として……あの男は表の世界にも裏の世界にも数多《あまた》の顔と名前を持っている。だからこそ本当の意味で得体が知れない。何をしても不思議じゃないわ」

「でもアイツが何を考えてるかなんてどうでもいい……！」

どうせろくなことじゃないんだからと一輝は語気を荒らげる。

「とにかく早く追いかけてステラを助けないと！　あぐっ！」

「お兄様！　そんな急に動いたら傷が！」

焦燥のままベッドから飛び出す一輝だったが、背中の皮を剝《は》がされるような激痛に膝《ひざ》を折る。

だが崩れ落ちる寸前で堪えて、なお前へ進もうとした。

そのときだった。

一輝が目指そうとした保健室の扉が開かれて、

「今の話は本当か。一輝」

一輝の父・《国際魔導騎士連盟・日本支部長官》黒鉄厳《いつき》が現れた。

◆◇◆◇◆

「正体不明の大爆発が起きて、お前が傍《そば》で負傷していたと連絡を受けた。何があったのか事情を聴きに来たのだが……《紅蓮《ぐれん》の皇女》を《大教授《グランドプロフェッサー》》が拉致したというのは事実か」

「父さん……、それに」

予期せぬタイミングでの父との再会に一輝は驚く。

そして父の背後に立つ人物との再会にも、同様に。

厳の後ろで腕を組む厳より二回り大きな巨漢の青年は、黒鉄家の長男《風の剣帝》黒鉄王馬《おうま》だった。

「大兄様……どうしてここに」

「珠雫ちゃん聞いてない？　王馬さんが月影《つきかげ》総理を保護して対馬基地まで運んでくれたんだよ」

《連盟》と《同盟》の衝突の少し前に発生していた《解放軍本部《リベリオン》》及び《米軍基地》での戦い。その渦中で王馬は奮戦し、《闘神》南郷寅次郎《なんごうとらじろう》の助けもあり、日本国総理大臣・月影獏牙《つきかげばくが》と風祭（かざまつり）財閥総帥・風祭暁三（こうぞう）、その家族の風祭凛奈（りんな）、サラ・ブラッドリリー二名を保護。自身の風を操る能力を用い、大陸を横断。日本まで四人を連れてきた。

その経緯を情報通の加々美が補足する。が、

「今はオレのことはどうでもいい。それよりどうなのだ」

王馬本人はそう言い捨てて一輝を急《せ》かす。

この二人に隠すような事でもない。一輝は頷《うなず》いた。

「事実です……！　校舎の側に二人でいるところをエイブラハム・カーターに襲撃され、アイランズによって拉致されました。だからすぐに助けに行かないと‼」

「王馬。抑えろ」

「わかった」

「兄さんッ⁉」

体細胞の欠損により小さくなった体で、二人の脇を走り抜けようとした一輝。その腕を王馬が摑《つか》む。一輝は振りほどこうとするが、王馬の腕力に捕まえられては、一輝の身体が万全であったとしても振りほどくのは不可能だ。今の身体ではなおさらである。

だから言葉で抗議する。

「放してくれ兄さん！　こんなところでモタモタしてる場合じゃないんだ！」

その抗議の言葉に、厳が冷静な……嫌というほどいつも通りに冷徹な声で言った。

「勝手な真似《まね》は許さん」

「父さん……！」

「現在、《連盟》と《同盟》は停戦交渉に向けひとまずの停戦状態に入っている。日本をはじめとする《連盟》各国が奮戦し《同盟》の先制攻撃を跳ね返し、連中が自白を強要しようとした月影総理の身柄をこちらが保護した今、《同盟》が最初に開戦理由として唱えた《連盟》と《解放軍《リベリオン》》の癒着容疑は決定打を欠く水掛け論になり、必然互いに妥協点を探すことになるだろう。

一方的に仕掛けられた《連盟》としては腹の立つ話だが、意地を張り全面戦争をして犠牲になるのは力なき一般市民だ。それは避けなければならない。わかるか。今はさらなる戦争を防ぐために、慎重な行動が求められるフェーズなのだ」

厳は《日本支部長官》として圧力のある言葉で一輝を諭す。

今は一介の学生騎士の勝手な判断で情勢をかき乱すのは許されないと。

それは彼らしい大人の正論だろう。

しかし、――結果としてステラを軽んじる判断だ。

一輝としては到底受け入れることなど出来ない判断であり、

「――放せよ」

行くなと言われて従えるような状況ではない。

一輝にとってステラは何にも代えがたい存在なのだから。

故に問答の余地などなく、一輝は自分の行く手を阻む二人に殺気をぶつける。

血走った目から炎のように噴き出す殺気と、一輝らしからぬ口調。

これが最後通牒《つうちょう》だと、その場にいた全員に伝わった。

拒否すれば、一輝は刃を抜き、二人を実力で排除するだろう。

その圧力を最も感じていたのは、彼を抑える王馬に他ならず、

「……厳。無傷で抑えるのは無理だ。半殺しにするが構わんな」

ギラリと、王馬の瞳にも刃の煌《きら》めきのように冴《さ》え冴えとした殺気が灯《とも》る。

共に達人と称されるに値する剣士が、至近距離で殺気をぶつけ合う。

瞬間、その場に居合わせたアリスと加々美は、保健室の中から酸素が消失したような息苦しさに襲われる。

あまりの緊張で自分の身体が竦《すく》みあがって、呼吸が出来なくなったのだ。

まさに一触即発。

この殺気のぶつかり合いで生じている僅かな均衡をどちらかが崩した刹那、二人は剣を抜くだろう。そして迷いなく互いの命に向かってそれを振りぬくだろう。

しかし、

「させると思っているんですか」

均衡を崩したのは二人のどちらでもなく、《深海の魔女《ローレライ》》黒鉄珠雫だった。

二人よりも早く己《おのれ》の魂の刃――霊装《デバイス》《宵時雨《よいしぐれ》》を顕現させ、その切っ先を巌へ向ける。

「私もお兄様と同じ考えです。二人を倒してでもステラさんを助けに行きます。あの人にはまだ《七星剣武祭《しちせいけんぶさい》》での借りがありますし、それに――……私にとってもあの人は、少なくとも貴方《あなた》達二人よりは大切な人ですから。貴方達の事情なんて知ったことじゃありませんよ」

《凶運《バッドラック》》紫乃宮天音《しのみやあまね》から助けられた恩を理由に、珠雫も一輝に続く。

これにより状況は一層緊迫し、

「ちょ、ちょっと三人とも落ち着いてください……！　こんなところで味方同士で争ってる場合ではないでしょう!!」

唯一冷静だった刀華が止めに入るが、もはや三人の誰の耳にも刀華の言葉など届いていない。

衝突は不可避。この三人を一度に止めるのはいかに《雷切《らいきり》》東堂刀華とて不可能だ。

一体どう動けばいい。

刀華がとるべき行動を選びかねていると、

「勘違いするな。私は勝手をするなと言っただけで、助けに行くなとは言っていない」

張り詰めた空気が、巌の予想外の一言で一変した。

「「え」」

これには一輝も珠雫も虚を突かれる。

そんな二人に厳は少し呆《あき》れを滲ませて指摘する。

「そもそも追うにしろどこにいるかわかっているのか?」

「う……それは……」

アイランズは翼を生やして飛び立った。

となれば陸も海もない。

距離が離れすぎていたら珠雫の魔力探知でも捉《とら》えるのは難しい。

わからない。それが本音だった。

その痛い事実を突き、厳は冷静さを失っている二人を咎《とが》める。そうして二人が言葉を失ったのを見てから、

「現在《連盟》は領海線上を総動員で警戒に当たっている。その警戒網に引っかかった者はいない。故にアイランズが居るとすれば国内だ。秘密のアジトに皇女を運び込んだのだろう。外の脅威に人手を割いた都合上、内陸部の監視は甘くなっていたが、衛星映像のログは残っている。飛翔《ひしょう》して逃亡したのであればその姿が残っているはずだ」

すぐにログの洗い出しをさせると約束。その上で、彼は二人にこう言った。

「《国際魔導騎士連盟・日本支部長官》として命じる。《紅蓮の皇女》ステラ・ヴァーミリオ

ンを救出せよ。手段の一切《いっさい》は問わない。その過程で生じたあらゆる損害や生じた問題はすべて《日本支部長官》黒鉄厳が負う」

「「ッッ――――!!」」

これに一輝と珠雫は言葉を失った。

二人の知る《鉄血》黒鉄厳から出るような言葉ではなかったからだ。

そんな二人の動揺を他所に、厳は続けて命じる。

「Aランク・黒鉄王馬、Bランク・東堂刀華。両名にも同行してもらう。今は第二級臨戦態勢下だ。ログチェックは数分もあれば終わる。すぐに出発の準備を」

「了解しました」

「……」

「あたしも行くわ」

テキパキと命令を飛ばす厳にアリスが進言する。

「《大　教　授《グランドプロフェッサー》》カール・アイランズは自分が持つ様々な顔を利用して、いろんな国に自分の息のかかった施設を建造しているわ。そこにステラちゃんを運び込んでいるとしたら、要塞さながらに迎撃準備がされていると思ったほうがいい。攻略に手間取ると取り返しのつかない事態になりかねない。……となればあたしの《影》の能力が役に立つはず」

「わかった。君も同行してくれ」

この進言を理にかなっていると、厳は受け入れる。

手際よくステラ救出のための人員を選抜する厳に、誰もが彼が本気でステラを助けようとしていることを理解した。それは厳をよく知る人間からすると驚くべき姿であり、

「意外だな。……お前はそれでいいのか。《鉄血》」

誰もが思う疑問を王馬が口にした。

何よりも規律を重んじ、組織全体の利益《りえき》を優先する。例外は一切認めない。それが家族であっても。それが《鉄血》黒鉄厳だったはず。

しかし彼が今している判断は、彼が彼自身に課してきた大原則に反している。

何故ならば彼はあくまで《日本支部長》。この場で一輝たちの話を聞き、《連盟》としての判断を下せる立場ではない。本来ならば、例《たと》え時間がかかっても《本部》の判断を仰《あお》がなければならない案件だ。

だが厳は独断で即座の行動を選択した。

明らかな越権行為。故に、

「…………………」

この判断を『良し』と言うことは厳には出来ない。

出来ないが、それでも、厳は『悪《あ》し』を選んだ。

一度も親らしいことなどしてやったことのない自分を、それでも父と呼んでくれた息子の大

切な女性が危機に瀕《ひん》している。彼女を助けるための行動に面倒や責任の一切を引き受けるくらいはしてやりたかったのだ。

それは一輝の父であり、《日本支部長官》である自分にしか出来ないことだから。

「一輝。私がしてやれるのはこのくらいだ。これ以上の戦力は今東京から動かせん。お前の力で、大切な人を取り戻してこい」

「っ……！　ありがとう父さん!!」

《鉄血》として生きてきた矜持《きょうじ》を捨てて、父が自分の背中を押してくれた。

その事実は、戦闘に次ぐ戦闘と負傷で疲弊していた一輝の身体の中で大きな活力になった。

涙になって零れだしそうなほどに大きな力に。

その力を以《もっ》て一輝は一層決意を固める。

必ず、何としてでも、どんなことをしてでも、ステラを取り戻すと。

「お兄様！　すぐに私と合一を。移動しながら傷の治療を行います！」

「足の遅い者はオレの風で運ぶ。《雷切》、お前には不要だな？」

「もちろんです。速さなら誰にも負けませんよ」

「先輩！　皆！　ステラちゃんのこと、お願いね!!　私は……何の力にもなれないけど……皆の無事を祈ってるから！」

「ありがとう。加々美さん」

二、三簡単な段取りを話し合い、五人は出発の準備を整える。
それとほぼ同時、厳の命令から五分もしないうちに、映像ログを洗いだした《日本支部》の職員によりアイランズの逃走ルートが一輝たちの生徒手帳に送られてきた。

目指す方角は真北。栃木県日光市。

王馬と刀華の力を用いれば一時間程度の距離。

Aランク二人を含む五人の学生騎士は、そこにいるはずのステラを目指し夜の街へ飛び出したのだった。

◆◇◆◇◆

(あれ……?)

ステラは目の前の光景に一瞬困惑した。

赤い絨毯《じゅうたん》が敷かれた大理石の通路。

疎《まば》らに人が行きかうその廊下に、ステラは立ち尽くしていた。

(ここは……どこかしら?)

ここは何処で、自分は何故ここに居るのだろう。

確か自分は……ヴァーミリオンから日本へ、一輝と珠雫の三人で戻ったはずだ。

それで米軍を相手に、日本を守るために戦った。

そうだ。そのはずだ。そしてそのあと……

（……なにがあったんだっけ？）

考えてみるが頭にもやがかかったように思考がまとまらず思い出せない。

しかし……思い出せる範囲でもおかしいと思うことがある。

目の前の廊下を行き来する人々が、皆日本人ではないということだ。

ほとんどがスラヴ人で、ステラにとってなじみ深い装いをしている。

（もしかして……ここはヴァーミリオン？）

『おーいステラ！　なにぼーっとしてんだよ？』

『!!』

『なにびっくりしてんだ？』

『ステラちゃん具合わるいの？　センセ呼ぶ？』

呼びかける子供の声に振り返り、自分の後ろに立っていた小さな子供二人の姿にステラは息を忘れる程驚く。

その子供二人が、ステラの友人、ティルミット・グレイシーとミリアリア・レイジーの幼少期の姿だったからだ。

その二人の姿を見て驚き、同時に小さな二人と真っすぐ目線が合うことに気付いたステラは、自分自身の姿も幼少期の頃に戻っていることを認識する。

(これは……)

『なんでもないなら早く行こうぜ。先生におこられちまうよ』

『いこ。ステラちゃん。劇はじまっちゃうよー』

ミリアリアがステラの小さくなった手を取って駆け足で走り出す。

(これ、夢だ)

二人と自分の姿を見て思い出す。

自分はこの廊下を知っている。

ヴァーミリオンの首都にある小劇場の廊下だ。

ステラがこの劇場に来たのは……人生で一度きり。

幼年学校の遠足で、人形劇を見に来た一度だけだ。

そして、その日はステラにとって、人生でもとりわけ特別な日でもある。

なぜならこの日、この場所で、《紅蓮の皇女》ステラ・ヴァーミリオンの能力が初めて発現したからだ。

(……なつかしい)

ミリアリアに劇場の座席に案内されながら、ステラは胸が締め付けられる息苦しさを感じる。

彼女には今から起きることがわかっているからだ。

発現した能力が暴走し、ステラの身体から炎が噴き上がり、周囲を巻き込む火災を発生させてしまう。その避け得ぬ未来を。

幸い大人たちの対応が的確かつ漏《も》れ出した火力もそこまで強いものではなかったため、死者は出なかったが、複数の怪我《けが》人と延焼を招いた。

能力の発現は子供のステラにはどうすることも出来なかったとはいえ、自分の力が国民を傷つけてしまった。

とても辛《つら》い出来事だ。

だが同時に、ステラにとって大切で優しい思い出でもある。

能力がコントロール出来ずに、自分の炎で焼かれてパニックになるステラを、大人たちが自分達も炎に晒《さら》されながら寄り添って、励まし続けてくれたのだ。

そして火傷《やけど》を負わせてしまった大切な友人たちも、決して自分を責めたりはしなかった。

この時ステラは心に誓ったのだ。

自分を愛してくれるこの国の人々が、自慢出来るような騎士になろうと。

その決意が、これから先長く続く彼女の騎士道の支えとなり続けた。

まさに、《紅蓮の皇女》にとっての原点の記憶――


『――――え』

その、はずだった。

だが──次の瞬間眼前に展開された惨劇は、彼女の記憶とは異なるものだった。

『ぎゃあああああ！！！　熱い熱い熱いぃいいあ゛あぁあ゛あ！！！！』

『やめてぇえ！　ステラちゃん、どうして……！　アギャアアアッ!!』

『いやあぁあああ！　助けてセンセイ！　センセぇえッ!!』

『あづい……よぉ……っ、ぎぃぃ……』

ステラの身体から記憶にある炎とは比較にならない規模の火炎が噴き上がり、一瞬で劇場内全《すべ》ての人間を飲み込んだ。

炎に巻かれた幼年学校のクラスメイトや教師は、瞬く間にその全身を焼かれて悲鳴を上げるも、すぐに喉《のど》から炎を飲み込んで肺を焼かれ、やがては炭化した四肢が砕けて瓦礫《がれき》のように崩れ落ちる。

そして隣に座っていたステラの友人、これからヴァーミリオンの《伐刀者《ブレイザー》》として共に長い時間を過ごすはずのティルミットとミリアリアも、

『ぁ、ステラ、…………ひど、い……』

『み、ず……いたい…………お、ぅ゛……』

眼球が蒸発した眼窩《がんか》から炎を噴き上げながら、炭になって事切れる。

それは、――絶対にありえない光景で、

『い、いやぁああああああああああああ！！！！』

ステラはこの惨状を前に絶叫した。
（なにこれ、なにこれなにこれなにこれ⁉）
自分はあの日の記憶を思い出していたんじゃないのか。
どうしてこんなことになる。
こんなのはあり得ない。現実じゃない。
だって、あの日死者は一人もでなかったはずなんだ。
ティルミットもミリアリアも火傷は負ったが、命に別状はなかった。
その後もあの二人とは友達で、ずっと一緒だった。
だからこんな、こんなことはありえないんだ。
ステラは錯乱しながら顔を手で覆《おお》い、悪夢をこれ以上見ないようにする。
しかし、

『このような痛ましい事件が起きてしまったことを、父として、そしてヴァーミリオン国王として、深くお詫《わ》び申し上げる』

『ッ――――!?』

目を塞《ふさ》いでいると、重々しい響きが耳朶《じだ》を打った。

聞き間違えるはずもないその響きは、ステラの父親シリウス・ヴァーミリオンのもの。

伏した顔を上げると、眼前の光景がガラリと変わっていた。

場所は、ヴァーミリオンの郊外にある霊園だ。

霊園の広場に敷設された野ざらしの式典会場。

大勢の人が喪服を着てパイプ椅子《いす》に掛けて、壇上に立つ父親の姿を見上げている。

ステラ自身もまた、民衆とは少し距離を置いた場所で、同じように。

痛ましい表情のシリウスの背後には、丘の上の墓地に続く道があり、数えきれないほど多くの棺《ひつぎ》が列をなして登っていくのが見えた。

――葬儀だ。

あの火災で……人が死んだのか。こんなにもたくさんの。

『被災された方、その遺族の方には皇家から可能な限りの補償を行うことを約束する。もちろんそれで償い切れるものではないのは百も承知だが……、すでに失われた命に対して出来ることはない。すべては父親であるこのシリウス・ヴァーミリオンに責任がある。どうか許してほしい』

『うそ！　嘘《うそ》よこんなの‼』

たまらずステラは叫びながら立ち上がった。

瞬間――百をゆうに超える遺族の目が、一斉にステラに向けられる。

その誰もがステラがよく知る顔で、ステラが全く知らない表情だった。

殺意と怒りと憎悪――皆のこんな表情は記憶にない。記憶にないのにどうして思い出す？

混乱と恐怖がステラの心を覆いつくし、気がおかしくなりそうになる。

でも、こんなのは全部嘘だ。でたらめだ。だからステラは震える喉で必死に否定する。

『皆が死んだなんて絶対にうそ！　なんなのこの夢は！　こんなの絶対におかしいわ！　アタシ、どうしてこんな夢を……！』

『ステラッ‼』

そのときだ。

ステラの言葉を頬《ほお》を叩《たた》く鋭い痛みが封じた。

隣に座っていたステラの姉、ルナアイズ・ヴァーミリオンが立ち上がったステラの肩を摑み、頬を思いきり平手で張ったのだ。

『あっ……！』

『大人しくしていろ！　自分のしたことがわかっていないのか！』

ルナアイズもまた、民衆と同じ目でステラを射竦める。

『お前のせいで、何百人死んだと思っているんだ……！』

『なん、びゃく……？』

『ステラちゃん。お願いだから、……これ以上お母さん達に迷惑をかけないで』

そして、母アストレアも。

彼女の瞳にいつも自分に向けてくれていた慈愛の光はない。

あるのは冷たい軽蔑《けいべつ》と……汚いものを見るような厭悪《えんお》の感情。

『ふざけるな……！　あんなに殺しておいて、夢だって言うのかよ⁉』

『許せない……！　アンタなんか殺してやるッッ‼』

『夢だっていうなら、あたしの娘を返してよ‼　返しなさいよォッ‼』

民衆たちが怨嗟《えんさ》を口にしながら椅子を蹴飛《けと》ばして立ち上がる。

今にもステラに襲い掛からんばかりに語気を荒らげて。

その瞬間、民衆とステラの間に白い髭《ひげ》を蓄えた老剣士が、兵士たちを引き連れて立ちふさがる。

ステラに剣技を教えた師であり、《ヴァーミリオン連盟支部長官》のダニエル・ダンダリオンと王室親衛隊の者達だ。

ダンダリオンは怒り燃える民衆からステラを庇《かば》いつつ、背中を向けながら言った。

『ステラ様。王城へお戻りください。ここは危険です。ステラ様は……もう二度と国民の前に姿を見せない方がいい』

『ダン……あたし…………でも——！』

『ご理解いただけませんか。邪魔だと言っているんです』

そう言いながら肩越しにステラを見つめるダンダリオンの目は、やはり皆と同じように軽蔑と憎悪に染まっていた。

そこが、臨界点だった。

ステラは自分の心の中の何か、とても大切な何かがひび割れる音を聞いて、

『～～～～～～～～～ぁあぁああっっっ！！！！』

たまらず目の前の悪夢から逃げ出した。

背中に百の罵声を浴びながら、涙を流して必死に走る。

『ハァッ！　ハァッ！　こ、こんなのは絶対におかしい！　なにか変よ‼』

このままじゃ駄目だ。

この悪夢を見続けるのは危険だ。頭がどうにかなってしまう。

逃げないと。この悪夢から！

大体自分はどうしてこんな質の悪い夢を見ているんだ。あの事故で皆が死んだなんて、ありえないのに。

『――なにもおかしくはない。あんな炎を傍で浴びれば当然だ』

『ッッ……⁉』
突然頭に誰かの声が響く。
悪夢を振り払おうとするステラをあざ笑うかのような声が。
『違う！　だってティルもミリィも生きてるじゃない！』
生きて、一緒にヴァーミリオンを救うために戦った！
あの二人が死んでいるはずが、
『――死んだ人間がどうやってお前の友になるんだ』
『だからッ‼』
『お前が『現実』と思っているものこそが、都合のいい『夢』なんじゃないのか』
『うッッ‼』

……なにを、言っているんだ。コイツは。
ありえない。
だってアタシは、皆が居たから、皆に支えられたから、《紅蓮の皇女》になろうとしたんだ。
そんなのは絶対に……
『——自分が犯した罪、その罪悪感に堪え切れず、勝手な記憶を捏造《ねつぞう》した』
『ちがう……』
『——お前が皆を殺したんだ。ステラ・ヴァーミリオン』
『違うッ！　ちがうちがうちがうちがうッッ!!』
血を吐くように叫んで頭に響く声を掻《か》き消す。
そして走る。
精一杯のスピードで、涙でろくに視界も利かないまま。
この悪夢のどこに逃げたら、悪夢は醒めるのか。
わからない。わからないが——一つだけ心当たりがあるとすれば、
『ッ、あわなくちゃ……！　イッキに逢《あ》わなくちゃ!!』
今自分の身に何が起きているのかはまるでわからない。
だけど、ただ一人絶対に信じられる人間がステラには存在する。
自分が《紅蓮の皇女》になることを志し、己を鍛え上げ、その果てに出逢った——掛け替

えのない好敵手。
一輝に逢いさえすれば、こんな悪夢はきっと醒める。
ステラはそう信じた。信じて走った。悪夢の中を遮二無二走って、その姿を探した。
そして、ステラは見つける。
どこともわからない畦道《あぜみち》の先に、見知った背中を。
『ッッ――――!!』
ステラはその背中に抱きつく。
抱きついて、抱きしめる。
縋《すが》りつくように。
この狂った悪夢の中、ようやく見つけた自分の正気を手放さないように。
そして、そんな必死のステラに……、彼は言った。

『キミ。誰……?』

とても困惑した表情で。
『あ…………』
瞬間、ステラはあまりのショックに言葉を失う。

悪夢の中の彼が、自分のことを忘れていたから？

そうではない。

（この人……だれ、だっけ……？）

自分が、必死に探していたはずの彼のことが、誰なのか思い出せなかったから。

◆◇◆◇◆

「人の自己《エゴ》とは強固なものだ。エイブの《精神操作《マインドコントロール》》も自己のすべてを消し去るのは難しい。それが人を逸脱し《魔人《デスペラード》》の領域に足を踏み入れるほどの人物ともなればなおのこと」

ラボのソファーに腰掛けたアイランズは、マリファナのパイプを咥《くわ》えながら、カプセルの中で小さく痙攣《けいれん》を続けるステラを見つめて、ほくそ笑む。

「だがどれほど強固で安定した存在であれ、この世に存在する万物は結果であり、結果には過程が伴う。これが科学の大原則である。人の心もまた同じこと。

過去。それが人を形作る。

その人間が今日に至るまで歩んできた人生、経験、環境――それらの結びつきにより、今現在の自己は、強固なアイデンティティとして形成されているのだ」

原因があり、結果がある。

それが科学の大原則だ。

そしてこれは人の心も同じだとアイランズは言う。

「故に、それを打ち崩すには過程そのものを変えてしまえばいい。これにはなにも《世界時計》《ワールドドクロック》のように時間を逆行する必要はない。変えるべきは彼女の中に存在する経験だ。

薬物と設備を駆使し肉体精神両面から過剰なストレスを加え、酸素を制限し思考能力を鈍らせる。そうして心身を衰弱させた後、エイブの《精神操作》《マインドコントロール》を行い、脳に存在する過去を書き換える。国民に愛し愛される《紅蓮の皇女》。その存在を否定する過去へと」

《魔人》《デスペラード》の魂。

人の身を踏み越える強固な自己の源泉となる記憶の改ざん。

それが完全な形で成された時、ステラにとっては《紅蓮の皇女》という存在こそが、自らの経験と矛盾する――ただの『夢』に成り下がる。

「その瞬間、彼女自らの意思で、己の経験と著しく矛盾した存在である《紅蓮の皇女》の人格を手放すことになる。必然的にだ。その時、彼女は我々が必要とする、最も優れた人間を生み出すための聖母へと生まれ変わるのだ」

ここまで精密かつ深い《精神操作》《マインドコントロール》はエイブラハムでも不可能だ。

特に人を超えるほどの自己を持つ《魔人》《デスペラード》相手には。

しかしこのラボには人間の精神を破壊するためのあらゆる設備とノウハウが揃《そろ》っている。

「洗脳深度、70%を突破しました。順調です」

そのすべてを駆使して、アイランズ達はステラから《紅蓮の皇女》をそぎ落としていく。

このまま彼らの施術が進めば、残り二時間足らずで《紅蓮の皇女》は他ならぬステラの中で存在しないものになってしまう。

魂が殺されてしまう。

そんな窮地に、――彼らは駆けつけた。

「な、なんだ!?」

突如、ラボに鳴り響くけたたましい警報音《セキュリティアラート》。

一体何事だと浮足立つ研究者たち。

そのうちの一人が外部からの連絡を受け、顔を青くし、叫んだ。

「《大教授《グランドプロフェッサー》》！　監視塔より緊急連絡！　10キロ先より強力な魔力反応が三つ接近中！　凄《すさ》まじい速度でこの秘密ラボを真っすぐ目指しています！」

「――――――」

この報告にアイランズは眉《まゆ》を顰める。

追手がかかることは想定内だったが、アイランズの予想よりも遥《はる》かに早かったからだ。

「まさか……《連盟本部》に報告を上げずに独断で兵を動かしたか？　い、あの黒鉄巌が？

それはアイランズにとっても信じがたいことだった。

融通の利《き》かないマニュアル人間である厳ならば、ステラが攫われたことを知ってもまず《連盟本部》に判断を仰ぎ、反射的な行動は起こさないと踏んでいた。米軍を押し返したばかりの日本にとって、都心から戦力を動かすことそれ自体がリスキーでもあるからだ。

そして《連盟本部》に話を通せば、意思決定の折、当然他の加盟国との折衝を行う必要がある。中には未だ《同盟》からの侵略を退けられていない国もある。彼らにしてみれば小娘一人の身柄より《同盟》との早期休戦こそを望むはずだ。簡単に足並みは揃わない。

ならば追手が到着するまでに十分作業は間に合う。

そのつもりで空を飛ぶという目立つ移動方法をとってでもスピードを優先したのだが……。

「裏目に出たか……」

アイランズはあてが外れたことに小さく舌打ちをする。

「どうしましょう。一度作業を中断し脱出しますか？」

「ノン。必要ない」

アイランズは斬るような口調で、脱出をはっきり否定する。

確かにこの迅速な追跡はアイランズにとって予想外のものだった。

しかし、それだけ追手にも準備する時間がなかったということでもある。

「日本が独断で動いたとすれば、今この瞬間動かせる戦力などたかが知れている。東京の防衛のために《夜叉姫《やしゃひめ》》は動かせないだろうしなぁ。施術は続行。追手は実力をもって排除だ」

「監視塔から続報です！　ラボを目指してきているのは《風の剣帝》黒鉄王馬、《七星剣王《しちせいけんおう》》黒鉄一輝、《雷切》東堂刀華！　あと姿は見えませんが黒鉄一輝の肉体が青年状態であることから、《深海の魔女《ローレライ》》黒鉄珠雫も同行していると思われます！」

この報告にアイランズは眼鏡《めがね》の奥で一瞬目を丸くして、大笑いした。

「ハハハッ！　なんとなんと、あの爆発を至近距離で受けて生きていたのかイッキ君。君もなかなかに諦《あきら》めの悪い男だねぇ。いやここは素直にアレを治癒しただろう《深海の魔女《ローレライ》》を褒めるべきかな」

「《大　教　授《グランドプロフェッサー》》、感心している場合では……！」

「君こそすこし落ち着きたまえよ。確かに粒は揃っているが、所詮相手は子供じゃないか」

アイランズは浮足立つ研究員を諌める。

彼の予想通り、追手は全員学生騎士だった。

正規の《魔導騎士》で追跡隊を組むだけの時間も戦力もなかったのだろう。

ここは《大　教　授《グランドプロフェッサー》》カール・アイランズの秘密ラボ。

とても表には出せないような後ろ暗い実験を行うための場所だ。

実験のための設備はもちろん、それを守るための武力もまた、高い水準のものを備えている。

「拠点防衛型《ＥＤＹ》全機起動。それと《解放軍《リベリオン》》から引き抜いた戦闘員たちに迎撃準備をさせたまえ。《傀儡王《かいらいおう》》に本部が滅ぼされ行くあてが無くなっていたところを引き取ってやったんだ。しっかり働いてもらおうじゃないか。それと——主任。このラボにエイブラハムシリーズのストックはいくつある？」

「今作業に当たっている一人を除けば、保管容器に五人です」

「十分だな。全員起動。総力をもって障害を排除する。……人類の進化を一段進めるこの実験の有意義さを説いたところで、お子様には理解は出来ないだろうからなぁ」

◆◇◆◇◆

厳からの正規の出動要請を受けた一輝、珠雫、王馬、刀華の四名は、《連盟日本支部》から送られてきたアイランズの移動ルートを辿《たど》り、日光市の山間に放棄された炭鉱街の廃墟《はいきょ》群を眼前に見る場所までたどり着く。

この廃墟群のどこかにアイランズは降り立った。そこからの詳細は衛星映像ではわからなかったが——日本の伐刀者《ブレイザー》でも群を抜く《深海の魔女《ローレライ》》黒鉄珠雫の魔力感知能力を以てすれば、至近にさえ来れば位置の特定は容易だった。

「見つけた！」

「ステラを⁉」

一輝と合一し小さくなった珠雫が、彼の肩の上で頷く。

「あの炭鉱跡の地中になんらかの施設があるんだと思います。ステラさんはそこにいます！」

地表からおよそ200メートルは地下に小さくも確かなステラの魔力を感じ取る。

これだけの距離、掘り進むのは現実的ではない。

近くにアイランズが使用した入り口があるはずだ。それを探さなくては。

一行は同じ思いを胸に、朽ちた精製工場や社員寮、小さな商店跡が並ぶ廃墟群に踏み入る。

踏み入った、その瞬間だった。

夜闇に紛れていた一同を、真っ白な光が照らした。

自然界にはあり得ない強さと指向性を持つ人工的な白光。サーチライトだ。

「当然出迎えはあるわけか」

目を眩《くら》ます強烈な閃光《せんこう》に一行の足が止まる。そこに、

「いたぞ！　ガキ共だ‼」

「喜べ野郎ども！　今回のクライアントは気前がいい！　弾は打ち放題だぜ！」

「しかも一人殺せば一億の大ボーナスだ‼　気合入れてかかれっ！」

「「「オオオオオッ――――――！！！」」」

廃墟群のあちらこちらに布陣していた《解放軍《リベリオン》》の残党が雄たけびと共に立ち上がると、手にした銃火器で一斉射撃を行った。

虫と蛙《かえる》の鳴き声くらいしか聞こえなかった山間の静寂を、百を軽く超える機関銃の銃口から放たれる轟音《ごうおん》が引き裂く。

突然の暴虐に鳥たちは慌てて飛び立ち、小動物は茂みを縫って逃げ惑った。

しかし、渦中に居る一輝たちは落ち着いたものだ。

「《天龍具足》」

黒鉄王馬は自身が常に纏《まと》う乱気流の鎧《よろい》を広く展開。

降《ふ》り注《そそ》ぐ銃弾の嵐《あらし》から自分を含め、その場にいる一輝と刀華をも包んで守る。

「……対伐刀者《ブレイザー》用の特殊強装弾か」

風の防壁を打つ強い衝撃に、王馬は敵が使用している銃弾が普通のものではないと判断する。

伐刀者《ブレイザー》の魔力の守りを以てしてもまともに受ければ致命傷を負う、特殊な銃弾だ。

一発につき25ドルもする非常に高額な代物であり、先進国の正規軍ですら一部の特殊部隊にしか配給されていない。それをこれほど惜しみなく撃つのは、

「ただの民間警備会社ではないということですね。……降伏勧告を出しますか？」

刀華はそう一輝に問う。

これに一輝は首を振って否定を返した。

「時間がもったいない。力で押し通りましょう。こちらは正規の指令を受けての出動なのですから。遠慮することはありません」

「当然だ。蹴《け》散らしてやる」

言うと王馬は風の障壁として束《たば》ねた風圧を解放。

解放された圧力は突風となって廃墟に布陣する《解放軍《リベリオン》》残党300人を打ち叩き、手にした銃火器を吹き飛ばし、設置された機銃を破壊。一瞬銃弾の雨に間隙を作る。

その間隙に、一輝たち四人は一斉に牙を剝いた。

「《雷鷗《らいおう》》――――ッッ!!」

刀華は霊装《デバイス》《鳴神《なるかみ》》に纏わせた稲妻を、飛ぶ斬撃として打ち放つ。

刀身から放たれた魔力雷は両翼を広げた巨大な大鷲《おおわし》のような形態をとり、夜闇を斬り裂きながら空を翔《か》け、《解放軍《リベリオン》》残党が防衛陣地を敷いた石炭の精製工場跡に直撃する。

「ギャアアアア――――ッ!」

刀華の能力は王馬の風のような衝撃波の類ではなく、電気だ。

電気は通常の防御壁で防げるものではない。それは地面や壁面、むき出しの鉄骨、あらゆる物質に通電し伝播《でんぱ》する。

鉄の盾といくつもの機銃で要塞化された精製工場跡も、この力の前には一切の防御能力を持たず、布陣していた数十人を一撃で戦闘不能に至らしめた。

「《刃旋風《じんせんぷう》》」

一方、王馬もまた刀華と同時に長距離砲を放つ。

斬撃を竜巻状にして直線上に打ち出す《伐刀絶技《ノウブルアーツ》》だ。

狙《ねら》いは精製工場跡同様に敵が要塞化している社員寮跡。集合住宅すべてのベランダや屋上に機銃と兵士が配置された攻撃的な要塞陣地。——その一階部分だ。

米軍の戦車の装甲さえ斬り刻んだ斬撃の竜巻は、老朽化し脆《もろ》くなった廃墟のコンクリートなど容易《たやす》く削《そ》ぎ砕き、廃墟の一階部分に巨大な穴をあける。

元々が脆い廃墟だ。建物を支える一階部分に大きな損傷を負えば、それを支える力など残っていない。崩壊はすぐさま連鎖的に発生し、

「う、うわぁあああぁ！　崩れるぅぅぅッッ!!」

轟音と土煙をたてながら、社員寮跡ごと防衛陣地は崩壊した。

「う、うそだろ⁉」

「剣の二振りでこっちの戦力がほとんど持っていかれた……⁉」

一瞬にして防衛線の要である要塞化した防衛陣地を二つ失った《解放軍《リベリオン》》残党は狼狽《ろうばい》する。

だが、彼らとて荒事で生活している札付きだ。狼狽したままでは終わらない。

「《落第騎士《ワーストワン》》は手負いだそうだ！　まず弱った奴《やつ》から潰《つぶ》して数を減らすんだ!!」

「どれだけ強かろうがそいつの強さは対人戦だ！　伐刀者《ブレイザー》全員で畳みかけて数で潰せッ!!」

機転の利く冷静な者達が指示を飛ばし、《解放軍《リベリオン》》残党の伐刀者《ブレイザー》たちは各々剣や斧《おの》、銃といった多種多様な霊装《デバイス》を手に一輝に襲い掛かる。

一輝を数で押し潰そうとしたその判断自体は正しかった。

相手が一輝一人であるならば、だ。

今の一輝が体細胞を補うため珠雫と合一状態にある以上、彼は《落第騎士《ワーストワン》》の剣技と《深海の魔女《ローレライ》》の魔法力を持つ万能の騎士だ。

遠近ともに死角はない。

一輝だけではどうにもならない範囲攻撃もまた思いのままだ。

「《緋水刃《ひすいじん》》」

珠雫の《緋水刃》──高圧で循環する水流の刃により、疑似的に刀身を長くした《陰鉄《いんてつ》》を、

「第七秘剣──《雷光》」

一輝は自身の身体を中心軸とし、《雷光》の速度でぐるりと横一回転振るう。

剣技の極み《比翼》のエーデルワイスとも打ち合えるその速度に、反応出来る者は誰一人としておらず、一輝に襲い掛かってきた敵伐刀者《ブレイザー》は残らず斬り伏せられた。

要塞も、銃火器も、伐刀者《ブレイザー》も、何一つ役に立たない。

この場所にいたるまでに、一輝たちは誰もが相応の死線を越えてきた。

もはや寄せ集めの烏合《うごう》の衆では足止めにすらならない。防衛陣地の指揮を執る《解放軍《リベリオン》》の残党はそれを理解して、自分達に残された唯一の希望に縋る。

「おい！　《EDY》はまだかッ!!」

「今リフトでこちらに上がってきています!!」

「ノロマが！　急がせろクソったれ！」

防衛陣地二つと伐刀者《ブレイザー》の遊撃部隊をあっという間に失い、元々寄せ集めでしかなかった残党たちは恐慌状態に陥《おちい》る。

統制はなくなり個々人が勝手に銃を乱射。完全に秩序立った行動を失った。

この癇癪《かんしゃく》にも似た悪あがきは、先を急いでいる一輝たちには好都合だった。こんな雑兵の狂乱にいちいち付き合っている暇などない。こんな連中と戦うよりも今やるべきことがある。

「私にはステラさんのおおよその位置しかわからないわ。そこまでのルートは、貴女《あなた》の能力で探って頂戴。アリス」

「任せて。そのためについてきたんだから」

珠雫がそう呼びかけると、一輝の影が波紋を起こし、中から有栖院凪が現れる。

移動速度に劣る彼は一輝の影に入ることでこの強行軍についてきたのだ。

そして、

「《鳥獣戯画《シャドウビースト》》」

彼は彼にしかなし得ない役割を果たすため、ダガーの霊装《デバイス》《黒き隠者《ダークネスハーミット》》を顕現。その刃をサーチライトに照らされ長く伸びた、身を隠す瓦礫の影に突き刺す。

瞬間、影があぶくのように膨らんで、そこから夥《おびただ》しい数の小さく素早いモノが飛び出す。

影から生まれたのは——黒いネズミだ。

影絵のネズミはアリスの目となり耳となり、一帯に散らばると周辺の地形、構造の情報を伝える。

当然、その小さな斥候による偵察は地下深くに存在するラボにも及ぶ。

ネズミ達は一見それとわからないように瓦礫に擬態された通風孔から、アイランズのラボへ侵入。

その複雑な内部構造を走り回りマッピングする。

——この索敵能力こそ、《解放軍《リベリオン》》という巨大犯罪組織の暗殺者として一線級の活躍をしてきた有栖院凪の最も優れた力だ。

標的がどのような場所に隠れていようと、必ず見つけ出し、そこに至るルートを暴《あば》き出《だ》す。

彼の能力は《七星剣武祭》のようなスポットライトの当たるリング上で輝くものではない。

その真価はより実戦的な場面でこそ生きてくるのだ。

そして程なくラボの最深部へとネズミの一匹が行きつき、真っ黒な影の身体に爛々《らんらん》と光る赤い双眸《そうぼう》に、一つの巨大なカプセルを捉える。《紅蓮の皇女》ステラ・ヴァーミリオンが閉じ込められたカプセルを。

「ッ……‼」

ネズミ達の目はアリスの視覚とリンクしている。

この瞬間、彼は自分達が目指すべき場所とそのルートを完全に把握した。

故にアリスはすぐ《鳥獣戯画《シャドウビースト》》を解除しようとする。

これだけの影を広く扱うのは膨大な魔力を消費するからだ。

だが影絵のネズミが消える寸前、アリスの聴覚とリンクしているネズミの耳が声を聞いた。

「君は確かヴァレンシュタインのところの暗殺者だったか。なるほどこれは厄介だ。君がいたのではラボの複雑な迎撃構造も意味を成さないなぁ」

どこか浮ついた癇に障る声音。

目を向けると、白衣を纏った禿頭《とくとう》の老人《大教授《グランドプロフェッサー》》カール・アイランズが影絵のネズミを見下ろしながら、マリファナのヤニで黄ばんだ歯を剥《む》いて挑発的に笑っていた。

「とはいえこちらも無防備じゃあない。《紅蓮の皇女》が消えてなくなるまでに、この場所にたどり着けるかな？」

《紅蓮の皇女》が消えてなくなる。不穏な言葉を最後に《伐刀絶技《ノウブルアーツ》》が解《と》ける。

「アリス、どうだった⁉」

索敵の結果を急く一輝に、アリスは自分がネズミを通して見聞きした情報を伝える。

「ステラちゃんを見つけたわ。そこにたどり着くための経路もね。……ただ状況はあまりいい雰囲気ではなかったわ。連中、ステラちゃんに物々しい機械を繋《つな》げて何かをしてる。何かはわからないけど碌《ろく》なことじゃないわね」

これに一輝の表情に浮かぶ怒りと焦燥が色濃くなった。

「ッッ……!! 急ごう!! 入り口の場所を教えてくれ!!」

彼はせっつくようにアリスに頼む。

もちろんアリスも一直線にそこへ向かうつもりだ。——が、

「その前に、すこし面倒ごとを片付けていかないといけないわ」

彼は別のネズミの目を通して見ていた。

今この場所に上がってくる、、、、脅威の存在を。

——直後、一帯の地面を揺らすほどの強い衝撃によって、一輝達が相対している《解放軍《リベリオン》》残党の背後、立ち並ぶ廃墟群の一部が地盤ごとめくり上げられ吹き飛ぶ。

そして濛々《もうもう》と立ち昇る土埃《つちぼこり》の中から、巨大な三つの人型が起立した。

「これは……!?」

立て寸10メートルはあろう一つ目の巨人。

だが生物ではないことは、煙が晴れるとすぐにわかった。

それは全身を皮膚ではなく迷彩色に塗装された装甲板で覆われ、頭部には巨大なモノアイカメラを搭載。両腕部には四つの回転式砲門を備えた、人型の機械だ。

米国が東京湾侵略に使用した人型機械兵器《ＥＤＹ》。

それを何倍にも巨大化し、相応に性能を盛った新型である。

『敵対勢力四名を確認。敵対勢力四名を確認』

『アナライズ――脅威レベル《S》。オーダーは敵対勢力の完全鎮圧。オーダー遂行に伴う二次被害の一切は容認済み』

『全てのセーフティを解除し敵対勢力の鎮圧にあたります。ミッションスタート』

三機の機械兵達は地下の格納庫から地表へリフトで打ち上げられる前に受けた命令、一輝達の排除を実行に移すべく、両腕につけられた四つの砲門をターゲットへ向ける。

その巨大な援軍に、今まで一輝達と相対していた防衛線の指揮を執る中年男は、ほっと安堵の息をもらした。

「ようやくお出ましかよ……！」

「リーダー、コイツはいったい……？」

「機械兵士《EDY》の新型だ。クライアント曰《いわ》く、米軍にさえまだ配備されてねぇ最新型らしい！　コイツがくりゃ勝ったも同然だ！　あんなガキども蒸発させてやれ!!」

中年男の言葉に呼応――したわけではないが、《大型EDY》達は彼の望みを実行に移す。

すなわち、敵の蒸発をだ。

《EDY》の最も特徴的な武装は、戦車の装甲や伐刀者《ブレイザー》の魔力防御すら一切意味を持たない超高出力の熱閃《指向性強粒子砲》《ハドロンカノン》だ。東京でも自衛隊や多くの《魔導騎士》がこれに苦戦を強いられた。

この《大型ＥＤＹ》は大型化に伴いその砲撃能力を重点的に強化されている。

通常の人型サイズからの巨大化に伴った砲身口径の拡張はもちろん、それに加えて両腕に装備された四つの砲身をガトリングガンのような回転機構により入れ替えることで、膨大な熱量による砲身機構の損耗を分散。

従来の人型《ＥＤＹ》の単砲式では連射出来なかった《指向性強粒子砲《ハドロンカノン》》を、機関銃のように扱えるようになっている。

その面制圧力は――

『《指向性強粒子連装砲《ハドロンランチャー》》一斉射撃』

「ッ――――――！！！」

まさしく蒸発という言葉がふさわしい威力で、一輝達に襲い掛かった。

もはや特殊強装弾から身を守るために彼らが使っていた瓦礫など、何の役にも立たない。

アスファルトも、鉄骨も、地面も、発射される緋色《ひいろ》の熱閃に触れた瞬間溶解し、続く物質に衝突した強粒子《ハドロン》が飛散するに伴い生じる爆発が溶けた物体を吹き飛ばす。着弾地点には何も残らない。

そんな、もはや固体が固体として存在していられないほどの熱と爆発が、たかだか人間四人に対して撃ち込まれるのだ。

それも雨霰《あめあられ》と何十何百発も。

力である。

《大型ＥＤＹ》の砲口径は16センチ。東京を襲った《エンタープライズ》の主砲として取り付けられていた88センチ砲には遠く及ばないが、対人戦で使用するには余計すぎるほどの大火力である。

当然その破壊の光は一輝達のみにとどまらず、周囲の地形まで飲み込んで、《大型ＥＤＹ》と一輝達の間に存在した《解放軍《リベリオン》》残党の防衛線にまで被害が及ぶ。

「っておいおいやりすぎだ！　これじゃオレ達まで巻き添えになっちまう!!」

『オーダー遂行に伴う二次被害の一切は容認されています。オーダーを続行します』

「えええええええーーーーーっ!?」

まともな実験を終えていないプロトタイプの悪いところが出て、味方の無駄な犠牲を出しながら破壊は廃墟のすべてを飲み込んだ。

一帯の廃屋や木々はその悉《ことごと》くが消し飛ばされ、炎とマグマだけが残る。

さながら絵に描いた地獄のような光景に、命あるものが残れる道理はない。

人間など跡形もなく消えてなくなる。

しかし――

「《日陰道《シャドウウォーク》》」

マグマ溜《だ》まりから離れた場所の木陰が隆起し、水音と共に無傷の一輝達が現れる。

《大型ＥＤＹ》の攻撃が着弾する瞬間、アリスが自らの影の能力で皆を影の中へ匿《かくま》い、

《指向性強粒子連装砲《ハドロンランチャー》》の爆光により長く伸びる瓦礫の影を伝って爆心地から距離を取ったのだ。

《大型EDY》達の攻撃は味方に被害を出しただけに終わる。

そしてアリスは影の中にいる間に、自分が得た情報の詳細を全員と共有し終えていた。

「あのロボットの背後にある山。その山肌に擬態させてるゲートから大きなリフトが地下に伸びていて、ステラさんはその先にいる。そういうことね？　アリス」

「ええ。……アイランズは『《紅蓮の皇女》が消えてなくなる』と言っていたわ。急いだほうがいいわね」

「元々最短ルート以外を通るつもりはない。遠回りなどしない。ガラクタをぶち壊して真っすぐ進むぞ。非力なお前らは後ろについてこい」

「あまり私達を見くびらないでください。王馬さん。あなた一人が気張るより、全員で片付けたほうが早いですよ」

「なら、各自一合でカタをつけろ……ッ！」

《大型EDY》の砲身の急速冷却が終わるまでの数十秒という間隙。

そこに一輝達は反撃を加える。

王馬、刀華、一輝――三人は《大型EDY》に向かって真っすぐに駆け出し、両陣営の間にあるマグマ溜まりを、

「《凍土平原》」

珠雫の伐刀絶技《ノウブルアーツ》で一瞬にして氷海に変え、駆け抜ける。

真っ先に敵にたどり着いたのは、スピードに優れる《雷切》東堂刀華だ。

「《疾風迅雷》ッッ!!」

雷の能力を以て自らの身体能力をブーストする伐刀絶技《ノウブルアーツ》で加速した刀華は、《大型ＥＤＹ》の巨体を足場に縦横無尽に駆けまわり、走り抜け様に、腕、足、胴、首——各部に存在する関節部、つまり装甲に覆われていない脆い部分に《鳴神》を突き立てる。

そして雷を刃から発生させ、ジュール熱で関節部を焼き切っていき、瞬く間に一体をバラバラのスクラップに変えた。

「ハァァァァッ!!」

同じ瞬間、《風の剣帝》黒鉄王馬も《大型ＥＤＹ》の一体に飛び掛かる。

だが、刀華より速度に劣る王馬は《大型ＥＤＹ》の迎撃システムに捕捉され、対人迎撃用の機銃に攻撃されてしまう。

王馬の纏う和装が強装弾に引き裂かれ千切れ飛ぶ。

だが、その下の肌からは僅かな血も流れなかった。

敵の攻撃を——誤魔化《ごまか》さない。王馬の哲学により打ち鍛えられた彼の肉体は、すでに人類の骨密度、筋密度の水準を遥かに凌駕《りょうが》している。１８０センチ程度の体格に、５００キロを超える体重を有するほどに。

この打ち固められた鋼の肉体の前に、半端《はんぱ》な攻撃はその一切が意味を持たない。

だからこそ攻撃にすべての力を込められる。

王馬は風の鎧《天龍具足》をすべて攻撃に転用。天高く振り上げた斬馬刀の霊装《デバイス》《龍爪《リュウヅメ》》に纏わせ、押し固め、触れるものすべてを削り裂く暴風の刃とし、振り下ろす。

「《月輪割り断つ天龍の大爪《クサナギ》》──────イイッッ!!」

振り下ろされる暴風の剣。

《大型ＥＤＹ》はこれを防ぐために両腕を持ち上げ、頭上でクロス。

戦車砲の直撃を受けても凹みさえしない特殊合金の装甲でブロックする。

いや、しようとした。

だが《月輪割り断つ天龍の大爪《クサナギ》》の前には一切が無力だった。

当然だ。この伐刀絶技《ノウブルアーツ》は王馬の技の中でも指折りの攻撃力を誇る切り札。

Ａランク騎士はその存在が国家規模の戦力だ。その切り札が戦車砲程度の威力に収まるわけがない。

暴風の剣は特殊合金装甲ごと、鉄の巨人を頭部から股下まで、唐竹の如《ごと》く叩き割った。

刀華と王馬により二体が破壊された《大型ＥＤＹ》。

そして最後の一体も──

「《剣鯨《イッカク》》――――ッッ!!」

一輝は《凍土平原》を割り砕くほどの踏切で最後の《大型ＥＤＹ》に突撃。

第一秘剣《犀撃《さいげき》》に珠雫の氷の魔力を乗せ、疑似的に《大英雄》黒鉄龍馬《りょうま》の伐刀絶技《ノウブルアーツ》を再現し、敵の胸部装甲に切っ先を叩きつける。

瞬間、氷の魔力が敵を凍結させることで不必要なほど硬度を高め、揺らぐことによって得られる強度を奪い、刺突の衝撃を余すところなく伝播。

東京湾決戦で駆逐艦を一撃のもとに粉砕したように、機械の巨人は胸部に大穴を空けられ、そこからひび割れて粉々に砕け散った。

そして――《剣鯨《イッカク》》の勢いは《大型ＥＤＹ》を貫通、粉砕したに留まらず、背後の炭鉱、その山肌に擬態した地下ラボへのゲートに突き刺さって、――これを破砕する。

鋼鉄のゲートが吹き飛び、一輝が中へ入ってきた事実に、《大型ＥＤＹ》の攻撃から逃れるべく避難していた《解放軍《リベリオン》》残党たちが悲鳴を上げる。

「ヒィイイッ！　入ってきやがった！」

「信じられねえ！　あの分厚い隔壁が、こ、粉々に⁉」

「ホントに同じ能力者なのかよ……！」

彼らにとっての切り札でもあった《大型ＥＤＹ》さえ時間稼ぎにもならない。

彼我の戦力差は誰の目にも明らかであり、この瞬間、ラボの防衛を命令されていた

《解放軍《リベリオン》》残党たちの戦意は完全に失われた。

「悪かった！　降参だ！　オレ達はもうアンタらの邪魔はしない‼　だから見逃してくれ‼　ほらお前らも武器を捨てろ！」

　リーダーの男が両手を上げて一輝に降参を宣言。

　仲間にも武装の放棄を命じる。

　その言葉を待っていたとばかりに他の者たちも武器を捨てて、無抵抗を態度で示す。

　そんな彼らに一輝は迷いなく歩み寄り、容赦なく斬り伏せた。

「うぎゃあああああ！！！」

「リーダーッッ‼」

「悪いけど、今は貴方達の言葉の真偽を測る時間さえ惜しい。ここで見逃して背後を突かれる可能性もある。スピードと安全、両面考えるなら――武器を手放した無抵抗の貴方達を全員斬り倒して進む。これがモアベターだ」

「「「ひぃぃいぃいぃいいぃいぃいぃい！？！？」」」

　こうして、一分と経《た》たずゲートから資材搬入リフトまでの通路は血の海となった。

◆◇◆◇◆

『緊急！　緊急！　敵対勢力四名！　第三資材搬入リフトからラボの第一層へ侵入!!』

『特殊強装弾使用の警備兵と通常型《ＥＤＹ》で応戦中ですが、止まりません!!　強すぎる!!』

『第一層の防衛戦力全損ッッ！　敵対勢力第二層へ到達!!』

『全隔壁閉鎖!!　少しでも時間を稼げ!!』

『ダメです!!　《影》の能力を扱う伐刀者《ブレイザー》が居るので隔壁が意味を成しません!!』

『敵の侵攻止まらず!!　第二層防衛線、すでに消耗率七割を突破!!　防衛線を維持出来ません!!』

『敵、第三層へ侵攻！　繰り返す！　第三層へ侵攻!!』

「《大教授《グランドプロフェッサー》》!!」

　刻一刻と警備室から伝えられる状況が悪化していくプレッシャーに耐え切れず、研究員たちは悲鳴を上げた。

「敵の侵攻スピードがこちらの想定を遥かに超えています!!」

「こちらの防衛戦力がまるで機能していません！　相手が強すぎます!!」

「このままではあと10分も経たずに第五層《ここ》へ到達されますよ！」

　こんなことならラボに侵入される前にステラを連れて脱出していれば……。

皆の表情にアイランズを非難する不満の色が浮かぶ。

だが当のアイランズは相も変わらずソファーに深く腰掛け、ふてぶてしくマリファナを楽しんでいた。

「こらこら。慌てて施術にミスがあったらどうするんだ。我々は今人類の未来に繋がる第一歩を踏み出そうとしているのだぞ。集中したまえよ」

「し、しかし……！」

「このラボはあらゆる緊急事態を想定した要塞だ。階層は全五層。それぞれ岩盤を挟み十分な距離を置いて作られている。影の能力を使おうと階層ごと跨《また》いでくることは不可能だ。岩盤を破壊するにしろ、こちらの防衛線を突破するにしろ、時間がかかる。そう時間だ。時間さえ稼げればいいんだ。もともとチンピラ連中にそれ以上の期待などしちゃいない」

その時、ラボに居た研究員の一人が喜びを隠し切れない声で叫ぶ。

「《大教授《グランドプロフェッサー》》!!　エイブラハムシリーズ全機、通常起動完了しました！」

「よろしい！」

その知らせを受け、アイランズはマリファナの吸引機を放り投げ、ソファーから立ち上がった。

彼はこれを待っていたのだ。

このラボに存在する《超人《ザ・ヒーロー》》エイブラハムは六人。

うち一人はステラの人格を消去する作業で出撃させられないが、五人いれば戦力としては十分だ。

「全員を第四層の『大型実験場』に配備。そこで連中を迎え撃て」

「し、しかし《大教授《グランドプロフェッサー》》。エイブラハムは確かに《魔人《デスペラード》》のクローンではありますが、一対一とはいえ《風の剣帝》に一度敗れています。抑えきれるのでしょうか……」

研究員の一人がそう懸念する。

事実、エイブラハムシリーズの一体は米軍基地で王馬に敗れている。

そして東京湾の決戦でも、《世界時計《ワールドクロック》》渾身《こんしん》の伐刀絶技《ノウブルアーツ》《三千世界》の前に数百体が破壊された。

《魔人《デスペラード》》のクローンとはいえ、所詮はアイランズの能力で生み出された疑似生物。

運命を乗り越える《覚醒《ブルートソウル》》を経た騎士たちには分が悪い。そう考えているのだ。

そしてこれはアイランズも同じだった。彼自身エイブラハムにそこまで全幅の信頼を置いているわけではない。あれらは所詮失敗作。

彼のこの余裕、この自信の出所はエイブラハムではなかった。

彼が信じているもの。それはいつだって――

「君達は肝心なことを忘れているようだねぇ。この場には、エイブ以外にも大きな戦力があるだろうに」

己自身の力だけだ。

◆◇◆◇◆

「ステラさんの魔力がかなり近づいてきました！」

アリスの案内と王馬の能力による破壊で、複雑に入り組んだ迷宮構造の防御層を次々に突破。

ついに地下四層へと踏み入った時、一輝の耳元で浮遊する珠雫がそう言った。

「抵抗もだいぶ疎らになってきたね」

「気を付けて。この先の地下四階はネズミで調べた時、かなり広い空間だったわ。おそらく敵はそこに戦力を集めて数の利を生かしてくるつもりよ」

「一か所に固まっているなら好都合だ。まとめて蹴散らしてやる」

言うや王馬はリフトから通じた廊下の突き当たり。

高さ10メートルはあろう巨大な隔壁に《刃旋風》を放つ。

風の刃が削岩機となって、分厚いセメントと鋼鉄の隔壁を削《そ》ぎ抉《えぐ》り、人間が通り抜けられるサイズの風穴をあける。

その穴を抜けて隔壁の向こう側へ進むと、そこはまるで飛行機の格納庫のような広く開けた空間になっていた。

飾り気のないコンクリートむき出しの縦にも横にも広い空間。

所々コンテナが無造作に積み上げられているが、それだけだ。

人の居る気配はなく、今まで散々襲い掛かってきた機械兵士《ＥＤＹ》の姿も見えない。

「誰もいない？」

「東堂さん。お願いできますか？」

一輝の指示に刀華は頷き、

「《閃理眼《リバースサイト》》」

生体電流を捉える目で広いがらんどうの空間を睨《にら》みつけた。

部屋の隅に積み上げられたコンテナなどはより注意深く。

そこに潜んでいる者が人であれ電気仕掛けの人形であれ、見逃さないように。

しかし、

「……物陰に隠れている敵もいないようです」

やはり何かが存在する気配はなかった。

敵の雑兵もいい加減底をつきたということか。

「なら進みましょうお兄様！　ステラさんは次のフロアに居ます！」

珠雫はそう言って、一輝達の視界の先。この広い部屋を真っすぐ突き当たりまで進んだ場所にある隔壁を指さす。

その隔壁の作りはここに下りて来るまで何度も見た。

下の階層へ下るためのリフトに通じる扉だ。

「……ああ。急ごう！」

ステラが次のフロアに居るのなら、ここは敵にとって最終防衛線としてはうってつけの地形。

なのに何の守りもないのは何故。すべての戦力をもう出し尽くしたのだろうか。

違和感を覚えつつも、ここで見えない敵の心配をしても埒《らち》が明かない。

一輝たちは先を急ぐために駆け出して――


「ツ――――！？！？」


直後、進む先を遮《さえぎ》られた。

まるで映画のフィルムの上に後からシールを張り付けたような唐突さで、一輝達の至近距離に五人の金髪の青年――《超人》エイブラハムが《瞬間移動》《テレポート》してきたのだ。

《瞬間移動》《テレポート》を終えたエイブラハム達はすでに攻撃態勢に入っていた。

さながら、手を離すだけで矢を放てる状態。

一輝達はこの急襲によって問答無用で先手を取られる。

「オオオッ!!」

しかし一輝は敵の待ち伏せがないこの状況を受け入れていなかった。

故に、先を急ぎつつも身体は奇襲に際して備えていた。

備えている故に思考は必要ない。

一輝クラスの剣士の備えとは、状況の急転に際し思考を追い越し身体を動かす反射である。

鼻先に《瞬間移動《テレポート》》してきた《発火能力《パイロキネシス》》を纏う炎の拳《こぶし》。並の伐刀者《ブレイザー》であれば刹那に頭蓋を破砕し、自身が殺されたことさえ理解させずに絶命に至らしめる不意打ちを、一輝は首と身体を独楽《こま》のように回転させることで纏った火炎ごといなす。

そして円運動によりインパクトの衝撃をそのまま自らの斬撃に乗せ――カウンター。

第三秘剣《円《まどか》》を目の前に現れたエイブラハムの脇腹《わきばら》に打ち込む。

もっともエイブラハムの能力は《暴君》からコピーした無類の汎用性を誇る《超能力《エスパー》》。

その中には《未来予知》という数秒先の未来を読み取る能力も存在するため、この反撃は魔力防御によって防がれ致命傷とはならないが、それでもエイブラハムを大きく後ろへ弾《はじ》き飛ばした。

そして王馬もまた、自分の目の前に現れたエイブラハムを二人、まとめて《龍爪《リュウヅメ》》で弾き飛ばす。

彼の《天龍具足》と鍛え抜かれた強靭《きょうじん》な肉体は一、二発の攻撃で沈められるものではない。

一輝のように敵の攻撃そのものを殺すことは出来なかったが、無類の防御力と耐久力で奇襲を受けきり、反撃したのだ。

だが、この奇襲に対応出来たのは二人だけだった。

「《反作用念力《デュアルキネシス》》」

「————ッ‼」

「きゃあああっ‼」

「アリス！　東堂さんッ‼」

一輝と合一している珠雫は無事だったが、刀華とアリスはそうではなかった。

アリスは突如目の前に現れた敵に全く反応出来なかった。

これを側に居た刀華が《疾風迅雷》の神速を以《もっ》て庇うも、そのために自分の防御がおろそかになる。結果《発火能力《パイロキネシス》》と《氷結能力《クリオキネシス》》、二種の超能力を衝突させ水蒸気爆発を発生させる合わせ技をもろに喰《く》らい、二人はコンクリートを割り砕くほど強く壁に叩きつけられる。

「《超人》エイブラハム……‼　《サイオン》は理事長に壊滅させられたと聞いたけど、まだこんなに残っていたのか‼」

刀華とアリスが吹き飛ばされたことで一輝と王馬は五人のエイブラハムに囲まれてしまう。

もちろんこの数的有利をエイブラハム達は逃さない。

「《念動力《サイコキネシス》》」

念力による不可視の腕を無数に生やし、物体に干渉する超能力。

エイブラハム達は八本の腕を疑似的に増やし、それぞれに拳を作る。

そしてその拳を一輝と王馬に雨あられと打ち放つ。

一発一発が分厚いコンクリートを破砕するパイルバンカーのような威力を持つ拳。まともに受ければ人間など一瞬でミンチになるだろう。

躱《かわ》さなければ。

しかしこの《念動力《サイコキネシス》》の恐ろしい点は完全に不可視であるということだ。

故に打撃された瞬間でしか攻撃を認識するチャンスはなく、技術による対応が難しい。

それを――すでにエイブラハムと何度も立ち会ったことのある王馬は理解していた。故に、

「に、兄さん⁉」

王馬は一輝の襟首《えりくび》を掴《つか》むと、エイブラハムの包囲陣の外へ思いきり投げ飛ばした。

結果、すべての打撃が王馬一人に降り注ぐが、

「コイツの《念動力《サイコキネシス》》は完全不可視の攻撃だ。おまけにこの連中にはおよそ『自我』というものがない。お前の武器である洞察力では対応出来ん」

そのすべてを王馬は《天龍具足》と肉体の頑強さのみで受けきり、それどころか打撃を受けながらも《龍爪《リュウヅメ》》を大きく振りかぶり、

「かぁぁああ‼」

横一線、身体を背骨ごと捻じり元に戻ろうとする作用さえも斬撃に転化する剣技《天照《アマテラス》》

を振るい、自分を取り囲んでいたエイブラハム達を守勢に追い込む。

エイブラハム達が防御するために攻撃の手を止めたその合間に、王馬は《龍爪《リュウヅメ》》の切っ先でステラへ続く隔壁を指し示し、言った。

「先に《紅蓮の皇女》の下へ行け。コイツらはオレが引き受ける」

「大兄様！　いくら大兄様でも一人でそれは無茶です！」

珠雫はそう異を唱えるが、

「一人ではありませんよ」

「っ……!!」

凛《りん》とした少女の声がそう告げるや部屋の照明が落ちて、続く刹那に一輝達の目の前を稲妻が横切った。

「《雷切》」

稲妻はエイブラハムの一人に直撃するや、その体を胴から両断する。

稲妻の正体は、先ほど吹き飛ばされた東堂刀華自身だ。

全身が雷そのものと化し光輝くその姿はさながら雷神。

その異様の理由は抉れたコンクリートの壁、その破壊の奥に覗《のぞ》くこのラボの送電線である。

刀華はこの送電線からラボの全電力を喰い、自分の魔力に変換したのだ。

《大炎《たいえん》》播磨天童《はりまてんどう》を討った時と同じように。

「東京では私の友達がお世話になったようですね。貴方の能力は兎丸《とまる》さん達から聞いていますよ。ですが、《瞬間移動《テレポート》》も《未来予知》も、一切が間に合わない速度の斬撃で斬り伏せればいい。まずは、一人です……!!」

両断されたエイブラハムの肉体は膨大なジュール熱により焼かれ、ピクリとも動かない。

早くも一人が敗れた。

しかしエイブラハム達に動揺はない。

彼らの思考は『個』ではなく《念話《テレパシー》》により並列化されており、その思考は『群』行動をとる昆虫に近い。

すぐさま一人の損失を補うべく刀華と王馬を囲む包囲陣を作り直し、二人に襲い掛かる。

「《影縫い《シャドウバインド》》ッッ!!」

「――――――」

だがその動きをアリスが咎めた。

自身の《黒き隠者《ダークネスハーミット》》を無数に投擲《とうてき》。エイブラハム達の影を穿《うが》つことで動きを縛る。

「お兄さんの言う通りよ一輝、珠雫。貴方達は先へ進んで頂戴。あたし達がここに来た目的はステラちゃんを助けること。手遅れになってしまったら何もかもが無駄になる。この四人はあたし達で対処するわ」

一輝達にそう叫ぶアリスは床に座り込んだまま立ち上がれてはいない。

見れば彼の右脚はあらぬ方向に拉《ひしゃ》げている。

もはや自分が足手まといにしかならないことを理解している故に、一輝達に先を急がせているのだ。

「っ〜……！　行きましょう、お兄様!!」

「うん！」

彼の意思を理解した珠雫はそう一輝を促す。

一輝も皆の覚悟に異を唱えなかった。

自分たちの最大目標を果たすべく、戦場に背を向ける。

そしてラボに踏み入ったとき同様《剣鯨《イッカク》》で隔壁を破壊し、ステラの囚《とら》われている最下層へ下りて行った。

一方ほんのわずかの間《影縫い《シャドウバインド》》で動きを止められたエイブラハム達だったが、これは長く続かない。彼らは《念動力《サイコキネシス》》の腕を使い、《黒き隠者《ダークネスハーミット》》を自分の影から引き抜き、自由を確保する。

「まあ、……このレベルの相手にあたし程度の伐刀絶技《ノウブルアーツ》は通用しないわよね……！」

「つまりこちらを分断しまずは私達を片付け、そのあとで黒鉄君を追いかけようということですか」

「舐《な》められたものだ。《黒い茨《ブラックソニア》》。お前は自分の身を守ることに徹しろ」

王馬の言葉にアリスは頷き、いつでも影の中へ逃げ込めるように備える。

そうしてアリスの安全を確保したのち、王馬は眼前の敵を見据え、

「以前貴様には言ったな。お前とは――『戦争』でケリをつけると」

《龍爪《リュウヅメ》》を頭上に掲げた。

瞬間、周囲の空気が《龍爪《リュウヅメ》》を中心に旋回を始める。

大気が《龍爪《リュウヅメ》》に吸い寄せられて、圧縮されているのだ。

その大気の集束は第四層の空間に留まらず、通路、通気口、排水溝、あらゆる空気の通り道から外気にまで及ぶ。

この瞬間、外部の山岳地帯一帯の風が完全に凪いだ。

そのすべてが《龍爪《リュウヅメ》》にかき集められ、第四層の大型実験場にはサイクロンと呼ぶべき暴風が渦となって吹き荒れる。

しかしそれもやがてはすべて折りたたまれて、王馬の手に握られた。

「月輪割り断つ天龍の大爪《クサナギ》」

うすぼんやりと光り輝く《龍爪《リュウヅメ》》の刀身。

その周囲の光景は陽炎《かげろう》のように歪《ゆが》んで見える。

その歪みが目の錯覚なのではないことを、隣に立つ刀華は察した。

《龍爪《リュウヅメ》》の刃に向かって世界が傾くような感覚を覚える。

この《月輪割り断つ天龍の大爪《クサナギ》・真打》とは、世界の比重が狂うほどに圧縮された大気の刃なのだ。

「なるほど……。王馬さん、貴方も私と同じ自然干渉系の伐刀者《ブレイザー》。自分の属する力を取り込むことが出来るのは当然でしたね」

「好かん使い方だ。己以外の力に頼るのは。しかし——己の剣で立ち会う価値もない人形を手っ取り早く片付けるには都合がいい」

言い捨てながら王馬は《真打》を振りかぶる。

《真打》の最大解放は地表から月面に斬痕を刻む。

過去王馬と相対したエイブラハムからその情報を《念話《テレパシー》》により共有されているエイブラハム達は、この王馬の動作に最大限の警戒態勢をとる。

その臆したとも取れる敵の動きに王馬はつまらなそうに鼻を鳴らし、

「手早く終わらせてアイツを追いかけるぞ」

「もちろんです!!」

刀華は《大炎》との戦いを通して成長し、王馬は米軍基地での戦いを経て《超人》の一派を相手取る場合に限り、普段己に許していない己以外の力の行使を解禁している。

風と雷、この地表に存在する膨大なエネルギーを己がモノとする二人はもはや一介の学生騎士ではない。

共に人の枠組みを超えた存在。さながら風神と雷神。

それは《超人》五人という戦力に対し、決して後《おく》れを取るものではなかった。

◆◇◆◇◆

秘密ラボの第四層で王馬たちの戦いが本格化した頃。

ついに一輝が第五層の――ステラが囚われている研究室へ到達した。

「ハァアァァアア――――ッッ!!」

研究室を守る最後の隔壁を突き砕き、一輝は大部屋の真ん中に設置されたカプセルの中で眠るステラを見つける。

「ステラッ!!」

衣服を剝がれ、鉄の機械に繫《つな》がれたステラの姿。

最愛の少女がおよそ人間的ではない扱いを受けている現実に、一輝の感情は瞬時に沸騰した。

その姿を認めてからひと呼吸も置かずに床を蹴り、カプセルを斬り壊すべく駆ける。

そう、敵の本丸であろうこの部屋に、一切の警戒なく感情的に。

「ダメですお兄様ッ!!」

だがこの致命的ともいえる軽率を咎められる人物がいた。

一輝と同化している珠雫だ。

珠雫は一輝に同化させている自らの体細胞から一時的に彼の身体に干渉。

その無謀な突撃を止めさせる。

歩を止めた直後、一輝は眼前の大気にひどい違和感を覚えた。

「これはっ⁉」

一輝はすぐさま飛び退る。

今自分が踏み入ろうとした空間。そこに――何かがある。

物体ではない。目に見えるもの、触れられるものではない。

一見何も無いが、その何も無い空間に、むせかえる程の殺意を感じる。

「一酸化炭素です。高濃度の一酸化炭素が不自然に濃度の高い状態で留まっています。これは罠《わな》です！」

不用意に踏み込んだ人間の意識を絶つ、無色無臭のキルゾーン。

罠であるならこれを作り出した者がいるということ。

一輝は《陰鉄》を構え警戒し、

「おしいなぁ～。もう少しで手間が省けたんだけどねぇ」

声を聴いた。

どこからか響いてくる声を。

直後、不自然なガス溜《だ》まりになっていた空間が、陽炎のように歪む。

歪む大気からその空間に存在するはずのない色彩が滲み出す。

色彩は次第に人の像を形作り、白衣を纏う肥満体の老人が何もない空間から現れた。

その姿を……ステラを連れ去った男の姿を一輝が忘れるはずがない。

「カール・アイランズ……！」

「ようこそ。《大　教　授《グランドプロフェッサー》》のラボへ。歓迎するよ。しかし扉くらい開けて入ってきたまえよ。　君達を迎えるため鍵《かぎ》はかけていなかったの、――に？」

それは一瞬だった。

未だ言葉を紡《つむ》ぐアイランズの口が頬骨《ほおぼね》ごと両断され、頭部が胴体から切り離される。

アイランズの言葉を待たず間合いに踏み込んだ一輝が放った、斬撃の軌跡さえ見せない神速の太刀《雷光》によって。

だが、切断面から血は流れない。

ゆらりと煙のように揺らぐばかりだ。

「噂《うわさ》に聞くより行儀が悪いじゃないか。イッキ君」

呆れたように言うと、アイランズの泣き別れになった体が腕を持ち上げる。

「君の出番だ。――《ダーウィン》」

直後、アイランズの手のひらに白金と脈打つ肉が融合したような素材で作られた回転式《リボルバー》の拳銃が顕現する。アイランズの霊装《デバイス》《ダーウィン》だ。

アイランズはその銃口を剣の間合い、つまりは至近距離にいる一輝に向け、引き金を引く。

噴き出す炎と轟音。

銃型の霊装《デバイス》は数ある霊装《デバイス》の中でも極めて殺傷能力が高い。

銃弾もまた霊装《デバイス》の一部であるからだ。

霊装《デバイス》とは高密度の魔力体そのもの。生半可な伐刀絶技《ノウブルアーツ》では防ぐことも叶《かな》わない。

だがその威力の反面、攻撃そのものが単調である欠点がある。

一輝にとって、至近距離であっても見切るのは容易い。

一輝は一発目二発目を斬り払うと、続く三発目を身を捻って皮一枚で躱し、その捻《ひね》りを溜めとして攻撃に連携。

アイランズの肥え太った樽《たる》のような腹部を深々と斬り裂く。

しかしこれも蜃気楼《しんきろう》を斬るかのように手ごたえはない。

有効打にならない。

その理屈を誰よりも理解しているのは一輝と合一している珠雫だった。

「貴方、自分の身体を気化させて……！」

「君程度に出来ることは私にも出来る。当然だろう。なぜならこの私は世界最高峰の水使いなのだから」

《青色輪廻《あおいろりんね》》

自らの肉体を気化させることで物理攻撃によるダメージを回避する珠雫の伐刀絶技《ノウブルアーツ》。

この伐刀絶技《ノウブルアーツ》は再構築の段階で自らの肉体の組成を組み違えると生命にどんな影響が出るかわからない、非常に難易度の高い魔術だ。

日本随一といっていい魔力制御力を誇る珠雫でも慣れないうちは頭痛を起こした。

目の前の敵はそんな魔術を当然のように使いこなす。

「《剣鯨《イッカク》》────ッッ!!」

だがかまうことなく一輝は三度《みたび》仕掛けた。

アイランズの喉仏《のどぼとけ》を穿つ角度での突き。

先ほどの先制では一輝の行動が迅速過ぎたため珠雫の術がついてこなかったが、珠雫は三度同じミスをする騎士ではない。

触れた相手を凍《い》てつかせる《剣鯨《イッカク》》は気化による回避を阻害する。

当たればアイランズとて致命傷。

故にアイランズは《ダーウィン》の銃身で防御する。

霊装《デバイス》は半霊体。凍結により脆くなることはないからだ。

「ッ、ホントに……人の話を聞かないねイッキ君。年長者の話は直立して聞くものだよ」

「黙れ」

一輝はアイランズの軽口に付き合わない。

「アンタにも、アンタの考えていることにも、何一つ興味がない……!!　ステラを解放しろ!

こっちの要件はそれだけだ!!」

「嫌だと言ったら?」

「死体がどうやってしゃべるんだ?」

瞬間、一輝は深く息を吸い、全身の筋肉を稼働。

発勁《はっけい》による衝撃を武器を導体として敵の体内に叩き込《こ》む、剣で行う浸透勁、第六秘剣
《毒蛾《どくが》の太刀》を放つ。

「が、ふっ!」

体内という逃げ場のない場所で暴れまわる衝撃波に臓物を蹂躙《じゅうりん》され、アイランズは全身から大量の血液を迸《ほとばし》らせながら後ろへ倒れ込む。

一輝はすかさずトドメを刺すべく前に踏み込む、が、

「お兄様ッ!!」

「ッ……!?」

宙に舞い散るアイランズの血液に異変が生じる。

飛沫《しぶき》の一つ一つが重力を無視して結合しあい、膨れ上がり、無数の卵のような球体となるや、すぐに破裂。破裂した卵の中から蛇が飛び出し一輝に牙を剝いた。

特徴的な平たい形状。蛇に対する知識がなくてもわかる。猛毒蛇キングコブラだ。

珠雫の警告に反応した一輝はすぐに後ろへ飛び退りながら、飛び掛かってくる無数のコブラの首を斬り払う。

それ自体はわけのないことだが、追撃は阻まれてしまった。

「惜しいなぁ。もう少し頭に血が上って前掛かりになってくれていれば仕留められたんだが。妹のほうは冷静だったようだね」

「自分の血液から生物を……！　これが《細胞魔法》……！」

「いかにも。生命の起源である水を極めた私の能力は、物質に生命らしきものを宿らせることが出来る。自分の肉体や血液はもちろん、他人の肉や、金属などの無機物、果ては——霊装《デバイス》にもだ」

「!!」

言うと、アイランズは手にしていた霊装《デバイス》《ダーウィン》を無造作に放り投げる。

《ダーウィン》は地面に落ちた瞬間、まるで水風船のように弾け、血液のような赤い液体となって床に水たまりを作った。

「さあ私を守ってくれよ。《ダーウィン》」

次なる異変はすぐに生じた。

霊装《デバイス》が弾けて赤い水たまりがグツグツと泡立ち、泡は次第に大きくなっていく。

否《いな》、よく見ればそれは泡ではない。

肉の腫瘍だ。

赤い水たまりから毒々しい色をした肉の膨らみがブクブクと隆起を始め、それは瞬く間に膨張。その膨張は傍にいたアイランズを飲み込み、一輝達が見上げるほどに巨大な人間の赤子のような形をした化け物へと変貌した。

『キャアアァアアアアア────ッッ!!』

赤子の口からガラスをひっかくよりも不快な金切声が迸る。

開かれた口には赤子の見た目には不釣り合いな鋭い乱杭歯《らんぐいば》が並んでいた。

化け物としか形容できない異形に一輝も困惑を隠せず動きを止める。

だが、一輝が半歩後ろに下がったその時だ。

乱杭歯の奥から、地の底から響くような反響を伴うアイランズの声が、あざ笑う口調で告げた。

「あと三十分。それが《紅蓮の皇女》に残された余命《リミット》だ」

「ッッ!?」

「今、私の後ろにいるエイブが《紅蓮の皇女》の脳内から、彼女を彼女たらしめる人格をそぎ落としている。その作業があと三十分で終わる。そうなれば肉体は生きていても、二度と君の愛している《紅蓮の皇女》は帰ってこない。残るのは空っぽの肉の袋だけだ。助けたいなら少し急いだほうがいいぞ?」

「ッッ――――、アイランズゥゥゥッッ!!!!」

そんな話を聞かされて、一輝が冷静さを保てるわけがなかった。

烈火の如く燃え上がる憎悪を推力に、異形の脅威に斬りかかるべく駆け出す。

「もっとも、イッキ君にこの《ダーウィン》を倒すことが出来ればの話だがねェ」

『キィアァアアアアアアアアアアアアアアアアアアアアア!!!!』

走り迫る一輝を巨大な赤子――《ダーウィン》は、創作物で描かれる宇宙人のように黒目しかない瞳で捉え、手を振り払う。嫌なものを遠ざけるように。

瞬間、《ダーウィン》の手がブクブクと膨らみ、破裂。

肉と血の爆発の中から無数の鰐《わに》や虎、鮫《さめ》が飛び出して、一輝に牙を剝いた。

第五章　《大教授《グランドプロフェッサー》》

一輝《いっき》達がステラ救出に出発したすぐ後、厳《いつき》は事態を《連盟本部》へ連絡した。

この事態は今夜遅くに開かれる停戦交渉の内容や条件をすり合わせる緊急加盟国会議の場で加盟国に共有され、《連盟》全体としてどう行動するか議論されることになるだろう。

だが——その議論が難航することは目に見えている。

まず大前提として《連盟》加盟国の多くは《同盟》との戦争など望んでいない。

一方的に仕掛けられた戦争とはいえ、多少譲歩してでもいち早く停戦に持ち込みたい。

《同盟》と国境を挟んで対峙《たいじ》する小国の多くはそれを望んでいる。

この状況では間違いなく慎重論が主流になるだろう。

しかし……直接《大教授《グランドプロフェッサー》》と対峙した一輝から語られた印象は、《大教授《グランドプロフェッサー》》は独断で動いている可能性が高いということ。

つまりステラを拉致したのはこの後の停戦交渉を有利にするための人質ではなく、彼個人の何らかの目的によるもの。人質でないのならば今この瞬間も彼女の身の安全は保障されていないことになる。

事態は一刻一秒を争う。

可及的速やかにステラを救出する必要がある。そのための戦力は、一輝達だけでは心もとない。《連盟》全体からの強力な増援が必要だ。

故に厳は——緊急会議を前に直通通信でヴァーミリオンに連絡を取った。

◆◇◆◇◆

厳から会議前に事態の共有を受けたヴァーミリオン国王シリウス・ヴァーミリオンは、司令部のモニターの中で激怒した。

『ステラが攫《さら》われたじゃとぉ⁉』

「はい。今から数時間前、日本国内に潜伏していたと思われる《同盟》の勢力によって身柄を拉致されました」

『ふざけるな‼　なんで東京におってそんなことになっちょるんじゃい！　まだ《同盟》との停戦が成立したわけでもあるまいに、キサマのとこの防衛体制はザルか⁉』

「返す言葉もありません」

『大体アイツはどうしたんじゃ！　イッキは！　お前の息子は一緒におらんかったんか！』

「Ｆランク騎士・黒鉄《くろがね》一輝は現場に遭遇し応戦しましたが、力及ばず敵の行動を阻止できませんでした」

『ッ……⁉　ま、まてや。あの二人が一緒におってそんなことになるんか？　ステラもやが、アイツ程の騎士が後《おく》れをとったちゅうんか⁉』

「ステラ姫を拉致した敵は《大教授《グランドプロフェッサー》》カール・アイランズです」

世界最高峰と呼ばれる米国の水使いの名前を聞いたシリウスの眉間に深い皺《しわ》が刻まれる。

「すべては首都防衛戦で戦力を損耗させ過ぎた我々司令部の招いた事態です。まことに申し訳ありません」

『あ、謝って済む問題やないわ‼　すぐに総力をあげて助けにいかんかい！　そっちにはあの《夜叉姫《やしゃひめ》》も戻っとるやろ！　貴様ステラに万が一のことがあったら戦争やぞ戦争ッ‼』

目を血走らせモニター越しに殴りかからんばかりのシリウス。

そんな彼の怒声に交じって、落ち着いた女性の声が聞こえてきた。

『ちょっとヨハンさん。パパのこと黙らせてもらっていいかしら〜？』

『は⁉　え？』

『構わん。やってくれヨハン。話が進まん』

『わ、わかった』

程なくしてモニターいっぱいに映っていたシリウスの顔が遠ざかる。

《同盟》との戦闘連携の協議にやってきていたクレーデルランド国王ヨハン・クリストフ・

フォン・コールブランドの手によって羽交い絞めにされ引きはがされたのだ。

『ちょ⁉　待て離さんかいヨハン貴様！　義理とはいえ父親になんじゃその態度はオオンッ⁉　今すぐ離婚じゃ離婚ーッ‼』

わめきながら画面外に引きずられていくシリウス。

彼に代わってカメラの正面の席についたのは、小柄なピーチブロンドの女性。

ヴァーミリオン皇妃アストレア・ヴァーミリオンだった。

彼女はまず頭を下げ夫の非礼を詫《わ》びた。

『王が大変失礼しました。すこし頭を冷やさせますので、続きは私が伺ってもよろしいでしょうか。その話を《鉄血》と呼ばれるほどに合理性を貴ぶ貴方《あなた》が、《連盟支部長》と《総理代行》を兼任する激務の中、緊急会議に先んじて今ヴァーミリオンに共有してくださったのは、私達がステラの親だからという道義的な理由ではないのでしょう？　会議の前に両国の間で共有したい大切な話があるのですよね？』

流石《さすが》は政界でヴァーミリオンの影の王とまで噂《うわさ》される皇妃だ。

厳はアストレアの祭しの良さに感謝しつつ、本題を切り出した。

「まず大前提として……現場に居合わせ交戦を行った一輝の話から、今回の《大教授《グランドプロフェッサー》》によるステラ姫の拉致は《同盟》の意向ではなく《大教授《グランドプロフェッサー》》自身の独断によるものである可能性が極めて高い、ということを申し上げておきます」

それを聞いたアストレアの表情が強張《こわば》る。

『……つまり、『人質』としての安全の保障はない、ということですね』

「はい。しかしこれは状況からくる推測に過ぎません。故に《連盟》がとる行動は凡《およ》そ決まっています。まずはステラ姫拉致の事実確認を《同盟》に対して行い、そこに《同盟》が関与しているか否《いな》かをまずはっきりさせたがるでしょう」

『《同盟》とこれ以上の衝突を望まない国は多いでしょうから、そうなるでしょうね』

「しかし《同盟》がこれに素早く回答してくれる保証はない。最悪、この後の停戦交渉を有利に進めるために回答を渋り、回答そのものを交渉のテーブルに載せる場合もある。そうなった場合……《同盟》と駆け引きをする時間全《すべ》てが徒労になります」

『腹立たしいですが、……それは十分に考えられる対応です』

「よしんば事実確認が取れ、《同盟》が無関係だと判明しても、やっと救出作戦を《連盟》全体で行うか、当事国のみに任せるかの投票です。これはステラ姫の置かれている状況を鑑みると悠長の極みと言わざるを得ません」

一応、これらの正規の手順をすっ飛ばす方法として、《連盟本部長官》である《白髭公》による《議長号令》というシステムがある。

これは《連盟本部長官》の辞任と引き換えに一度だけ使える強制執行権だ。

しかし、これを引き出せる可能性は皆無といっていい。そもそも《白髭公》は《連盟》加盟国同士の調和を第一とし、加盟国同士の紛争にも大国が有利になりすぎないよう代表戦形式の戦争を採用するような人物だ。

強権を振るうことには極めて慎重。とてもあてには出来ない。

「故に当事者であるヴァーミリオンに、強く訴えかけていただくしかないのです。《同盟》に対し事実確認を行わず、即座に行動を起こせるように」

これにアストレアは暗い表情になった。

『……もちろん私達は娘の救出を望みます。それは言われるまでもないことです。……しかし、現実的な問題として《同盟》の関与の確認をしないまま行動を起こさせるほど、私達の言葉に力があるとは思えません。同情はしてもらえるでしょうし、慰めてももらえるでしょうが、政治家は自らが責任を持つ国家に対して誠実であることが一番大切ですから……』

言葉だけでは動かせないだろうとアストレアは悔しそうに俯《うつむ》く。

これは厳も同意見だ。

だから言葉だけでは足りない。

それを埋めるのが自分の役割だ。

厳は自らの高ぶりを抑えるため一つ息を吐いてから、こう言った。

「その時は《総理代行》としての権限をもって日本が強硬手段をとります。日本は《連盟》加盟国の多くの国債を有しています。これらの売却、および普段応じている償還期限の延長に応じない旨を通達します」

『『『ッ――――!?』』』

「それでも首を縦に振らないようならば国債だけでなく現在行われているODA《開発支援金》の停止や、加盟国企業の法人税優遇措置の撤廃も交渉のテーブルに載せます。日本の経済的影響力は採決に必要な加盟国過半数を大きく上回ります」

モニター越しにアストレアはもちろん、背後に控えているルナアイズとヨハンの二人が動揺したのがわかる。

無理もない。相手国の国債を交渉の材料に使う。これはもはや恫喝だ。

比類なき攻撃力を誇り、相手国を威圧することができるが、その代償として国家間の信頼を大きく損なう、戦時外交で用いられるような非常手段。

それを手札として厳が考慮していることに、アストレアはその端正な顔に感謝以上に疑念の色を浮かべた。

『そこまで娘のために協力して頂けるのはヴァーミリオンとしては感謝しかありません。……しかし、いささか理解が追いつきません。日本にそこまでのことをする理由があるとは思えないのです。それも《鉄血》たる貴方をしてそこまで道理を捻じ曲げる理由があるとはとても。教えてください。一体なぜ、娘のためにそこまでしてくださるのですか?』

ステラは国賓ではあるが、同時に連盟所属の一人の騎士である。

戦争で命を失うことは、冷淡な言い方をすれば彼女の義務の内。

日本という国家がここまで血を流して救う道理がない。

あまりに間尺に合わない厳の行動が、アストレアに疑念を抱かせたのだ。

何か裏があるのではないか、と。

「…………」

そう考えさせてしまうのは偏《ひとえ》に自分という人間に対する信頼の低さだと厳は理解する。

当然だろう。ヴァーミリオン皇族には赤座の一件で迷惑をかけた。

だから彼はこのアストレアの疑念に対し正直に答えた。

「実のところ、《日本支部》はすでに救出のための実力行使を開始しています」

『え⁉』

「Aランク騎士《風の剣帝》黒鉄王馬《おうま》、《深海の魔女《ローレライ》》黒鉄珠雫《しずく》、そして九州の一件でAランク昇格がほぼ決定的である《雷切《らいきり》》東堂刀華《とうどうとうか》。彼らAランク三名に加え支援能力に優れるDランク騎士・有栖院凪《ありすいんなぎ》、そして――Fランク騎士・黒鉄一輝の五名で少数精鋭の救出チームを編成し、《日本支部長官》としての権限で出撃を許可しました」

『《連盟》の総意を待たずに、ですか』

「それが必要な事態と判断しました。ヴァーミリオンの皇族の方々ならよくご存じかと思われますが、彼らはもはや学生騎士という枠には収まらない力を持っています。しかし――相手は世界最高峰の水使いである《大教授《グランドプロフェッサー》》。《超人《ザ・ヒーロー》》エイブラハムも複数手元に残していると考えたほうがいい。となるとこれだけの戦力を以《もっ》てしても充分とは言い難《がた》い。おそらく時間稼ぎにしかならないでしょう。可能な限り早急に各国のA・Bランク騎士を召集して、援軍を送る必要があります」

普通なら各国からの援軍を待つなど時間が掛かりすぎる。

しかし《連盟》には《翼の宰相》という騎士が居る。

《連盟本部副長官》でもある彼の能力『転移』は、777本あるナイフ型の霊装間《デバイス》を自在に行き来できる。そしてこの転移能力の最大の特徴は、《翼の宰相》自身の許可と、彼の霊装《デバイス》である《蒼天《そうてん》の扉》を有していれば誰《だれ》にでも使える能力だということだ。

《連盟》加盟国はその国土に応じてこの霊装《デバイス》をあらかじめ分け与えられている。ヴァーミリオンに《黒騎士》アスカリッドを派遣したように、《蒼天の扉》によって各国の精鋭を瞬時に召集する機動力が《連盟》にはある。

「私はなんとしてでもこの援軍を可及的速やかに取り付けたいと考え、そのためにはいかなる手段も用いるつもりです。ヴァーミリオンに連絡を入れたのは、その覚悟と行動方針を共有したかったからです」

ヴァーミリオンにはヴァーミリオンにしか出来ないアプローチがある。

国家を動かすには利害関係だけでなく情や人道——すなわち正義に訴えかけることも必要

だ。

聡明《そうめい》な王妃はこれをすぐに理解してくれた。

『お話はわかりました。ステラの母としてとても心強く想《おも》います。……それと、失礼を謝罪させてください、黒鉄長官。件《くだん》の娘のスキャンダルの一件以来、正直に申し上げますと、私は貴方のことをもっと凝り固まった考えをお持ちの、融通の利《き》かない方だと思っていました。そのために無粋な勘繰りをしてしまいました。申し訳ございません』

このアストレアの言葉に、厳は首を横に振る。

「いえ。アストレア様は間違っていません。私はそういう人間ですし、今でも、止めるべきだったとは思っています。しかし止められなかった。私の言葉程度で止まる決意ではないとわかってしまったから。彼らを監督すべき組織の長として私は失格です」

こうあるべきと育てられ、叩《たた》き込《こ》まれた常識は心の中で今も自分の判断を批難している。

Aランク三名を集めたとはいえ元服して間もない学生騎士のみでの部隊編成。あまりにも無謀だと。しかも本部の判断を待たずの独断し、この上恫喝外交で他国を威圧しその尻拭《しりぬぐ》いをしようなど、日本という国にとってどれほどのマイナスかと。

もちろん、この行動には厳なりの道理はある。

以前未来を見通す能力を持つ月影《つきかげ》から共有された燃える東京の悪夢。そして風祭《かざまつり》から伝えられた、今なお悪夢にうなされ意識を取り戻せていない月影の現状。ともすれば今日本で起きている一連の事象が、あの悪夢に繋《つな》がっているのではないのか。

であればいかなる手段を用いてもこの流れを断ち切らなければならない。

そういう、厳の立場として当然の道理が。

ただ……それだけだと言い切れないのもまた正直なところだった。

あるべき合理的な判断に、子供たちに対する私情が交じっている。

子供たちが自ら判断し押し通そうとする生き様への言葉では言い表せぬ思いが。

組織の長として本当に恥ずべきことだ。だというのに、

「でもそれを、……不思議と嫌とは思わないのです」

全く度《ど》し難いと厳は自嘲を滲《にじ》ませる。

これに、

『不思議でもなんでもないわい』

シリウスが呆《あき》れたような声で言った。

『子供の成長を喜ばん親はおらん。組織の長としてはともかく、少なくとも人の親としては間違っとらん』

『パパ……』

アストレアの隣に戻ってきたシリウスは、先ほどまでとは打って変わって落ち着いた様子で厳に告げる。

『話はわかった。さっきは当たってすまんかった。アンタがそこまでの覚悟をしてくれとるならワシらヴァーミリオンはアンタの言う通りに動く。ワシは考えたり交渉するのは苦手じゃ。具体的に指示を出してくれ』

真っすぐにモニター越しから厳を見つめるシリウスの、先ほどまで怒りに血走っていた目には確かな信頼があった。

「ありがとうございます」

厳は頭を下げて感謝する。

島国であり周囲に《連盟》側の国が少ない日本と違い、ヴァーミリオンは《連盟》加盟国と多くの直接的な国交を持っている。

特に強力なパイプが、先のヴァーミリオン大戦で《黒騎士》を通じてフランスとの間に培った信頼関係だ。

フランスは欧州において非常に大きな影響力を持つ国。協力を取り付けることが出来れば、緊急会議を有利に進められる。

「ではさっそくですが《連盟》フランス支部のアスカリッド長官に――」

「その必要はない」

瞬間、厳は自分の血が凍り付いたような感覚に身体を強張らせた。

人払いをして自分以外いないはずの司令部。その背後から響く声。

慌てて振り返ると、青白い淡い光を纏《まと》う羽根がひらひらと舞い落ちていた。

羽根はそのまま地面に落ちると、ガラス細工が砕けるように弾《はじ》け、目をくらますほどの白光を生む。

数秒後、その輝きが収まると、そこには二人の人間が立っていた。

一人は白の軍服に青いマントを羽織った女性的な顔立ちの青年――

「《翼の宰相》ノーマン・クリード……！」

《連盟本部副長官》であり《連盟本部》が誇る世界最高の転移魔術の使い手だった。

だが、

「……えっ」

何故《なぜ》今の段階で彼が日本にやってきたのか。

その理由に対する厳の疑問は、形になる前に――ノーマンの背後に並び立つもう一人の人物に対する驚きによって霧散した。

「《日本支部長官》黒鉄厳。《白髭公》からの《議長号令》を通達しに来た」

驚きのあまり一瞬思考が止まる厳。

そんな彼に、ノーマンは自らが緊急会議前にこの場に来た理由を告げた。

淡々と、冷淡な口調で。

「《連盟》は今回のステラ・ヴァーミリオン第二皇女拉致に対して、一切関与しない。これが《連盟》としての正式決定だ」

◆◇◆◇◆

（状況が良くない……！）

ちょっとしたホールほどの広さがあるラボ最奥で《大教授《グランドプロフェッサー》》との戦いが始まって間もなく、黒鉄珠雫は自分達の旗色の悪さを感じた。

《ダーウィン》は絶えず自らの肉体から熊や鰐《わに》、豹《ひょう》、蝙蝠《こうもり》などの危険生物を排出し続け、その数は30を超えている。そしてそのすべてが牙《きば》や爪《つめ》で一輝に襲い掛かってくる。

もちろん、一輝ほどの剣士にとって知性のない獣の牙や爪を躱《かわ》し、首を刎《は》ねることは造作もないのだが、いかんせん数が多すぎて防戦一方になる。

一輝はあくまで剣士。持っている手札は剣の届く範囲の技しかなく、掃討戦を得意としていないからだ。

加えて《ダーウィン》から生み出された獣たちは、黒鉄一輝という敵を討つ用途に応じるため、斬り伏せられる度その形を変化させる。

熊や虎では足りないと学習するや、炎を吐き出す爬虫類《はちゅうるい》や、槍《やり》のような角を持つ馬、三つの頭を持つ狼《おおかみ》といった、自然界には存在しない幻想上の生物に。より強力に、非常識に、一輝を討つための『進化』を遂げる。

そして幾度目かの変体で『進化』は一輝にとって最も困難を極める形態へと至る。

それは人間を遥《はる》かに超えるサイズの『昆虫』の姿だった。

『キチキチキチキチ』

昆虫の構造性能は哺乳類をはじめとするその他の生物の比ではない。

複眼による広い視野。皮膚の代わりに存在する硬い甲殻。そしてなにより大きさに対しての筋力の強さ。鳥の翼などには不可能な高機動とホバリングを可能とする羽。

昆虫が他の種に劣るのはサイズだけだ。

その唯一の欠点を克服した昆虫は、最強の生命体と言っていい。

『キチキチキチキチ』

「っ、オォオオオオ────!!」

一輝は前方左右から襲い来る無数の巨大な蟷螂達の乱撃に防戦を余儀なくされる。

《雷光》に匹敵《ひってき》するスピードと、一輝レベルの『受け』の技術がなければ一撃で両腕が破砕されているだろうパワーを兼ね備えた斬撃の雨。

もはや背後を取られ完全に囲まれるのを防ぐべく後退するより他になく、助けるべきステラとの距離は次第に開いていく。

このままではダメだ。どうにか突破口を作らなければならない。

もちろんそれは珠雫だけでなく一輝も自覚している。

だから一輝は機械的な巨大蟷螂《かまきり》の攻めのリズムを読み切り、斬り返す。

「第三秘剣――《円《まどか》》ッ!!」

敵の攻撃による衝撃を広背筋の連動で受け流し、返しの刃に上乗せ打ち返す秘剣。

受けの理合いを攻めに活用した一撃を、一拍の十分の一にも満たない一瞬にねじ込む。

蟷螂自身の力をも上乗せした斬撃は、硬い甲殻を切断し、その首を刎ね飛ばした。

ようやくの反撃。それが活路になるかと思われたが、しかし、

『キーーーーーーーーーーッ！！！』

「ぐっ！」

首を失った蟷螂は、それでも鎌を振り回すのをやめない。

昆虫の脳は『神経節』と呼ばれ、これは体の各部に複数存在している。

哺乳類のように首を刎ねればすぐ動かなくなるというものではないのだ。

首を失った蟷螂の予想外の打ち下ろしをもろに受け、鍔迫《つばぜ》り合いの形を作ってしまった一輝。

そこに他の蟷螂の鎌が襲い掛かる。

斬撃の軌道は一輝の腹部。喰《く》らえば一輝の肉体は両断されるだろう。

これを一輝はとっさに引きつけた《陰鉄《いんてつ》》の柄で受け、両断を回避。

これまで幾度も一輝の命を救ってきた柄受けは、今回も彼の身を助ける。しかしこれは反射神経にものを言わせた緊急手段。相手の力を殺す『受け』の理合いは間に合わず、一輝の身体はまるでダンプカーに撥《は》ねられたように後ろへ吹っ飛び、彼が突き砕いて入ってきたラボの入り口傍《そば》の壁に激突した。

背中に受けた打撲の衝撃に動けなくなった一輝に、追撃を仕掛けてくるのは通常の五倍近い体格を持つオオスズメバチの群れ。

「《血風惨雨》ッッ!!」

この襲撃者を水弾の弾幕で撃ち落としながら珠雫は呻《うめ》く。

(気が遠くなる……!)

これでまた振り出しだ。

自分達とステラが囚《とら》われている巨大なカプセル。

その間には30を超える巨大蟷螂の群と、数えきれない蜂の群。さらには《ダーウィン》の本体である不気味な巨大な赤ん坊の姿をした怪物と、その内部に存在するだろう《大　教　授《グランドプロフェッサー》》という敵がいる。

これらの脅威をすべて取り除き、ステラに至る。その道程のなんと遠いことか。

(お兄様では相性が悪い……!　私がなんとかしないと……!)

少なくとも今までの攻防でそれははっきりした。

一輝の強さというのは攻撃範囲の狭さもあるが、それ以上に彼の強さは《完全掌握《パーフェクトヴィジョン》》に代表されるように、『読み』からくる戦術性に集約されている。

対人特化。それが《落第騎士《ワーストワン》》黒鉄一輝の本質だ。

彼は『勝ちたい』と願い、技術戦術を駆使してくる人間を相手にしたとき、その心理の裏や技の間隙を突くことで勝ってきた。

故に、対群団、対化け物、このような戦いは一輝の良さがまるで発揮されない。

ならば、ここは自分が動くしかないと珠雫は考える。

……とはいえ、広域殲滅《せんめつ》は珠雫にとってもあまり得意なことではない。

攻撃の範囲は魔力量に比例する。ステラならば、この程度の数、苦も無く蒸発させられるだろうが、珠雫の魔力量はステラほどではない。

魔力操作の精密性と高能率である程度底上げしても、これだけの範囲を一撃で芯《しん》まで凍り付かせるほどの冷気を生み出せば、魔力は枯渇してしまうだろう。

となれば今のように一輝の傷の治癒も出来なくなる。

でも、もうそうする他には――

「落ち着いて。珠雫」

「っ！　お兄様ッ⁉」

一輝は傍《かたわ》らに浮遊する小さな珠雫に言った。

目の前の状況に焦《あせ》る珠雫とは裏腹に、とても落ち着いた声で。

「珠雫の焦っている理由はわかる。この状況は僕という騎士にとってあまりいい状況とは言えない。でも今この目の前の状況に囚われすぎて、焦りのまま不要な手札を切らされたらあの男の思う壺《つぼ》だ。アイツは僕に不利な戦況を意図的に作ることで、それを待っている」

「え……！」

「現状、《青色輪廻《あおいろりんね》》と同じ伐刀絶技《ノウブルアーツ》を使えるアイツに有効打を与えるためには、珠雫の力が不可欠だ。珠雫が魔力切れになると僕たちは戦う手段を失ってしまう。戦いの前提を見失っちゃ駄目だ。僕たちがどうにかしないといけないのは目の前の虫じゃない。ようするに、この害虫を駆除する必要は必ずしもないということだ」

「し、しかしお兄様。おっしゃることはわかりますが現実問題としてこの虫たちを突破しないことにはステラさんに近づくことも…………」

「伐刀絶技《ノウブルアーツ》による産物は基本的に術者の意識が途絶えれば効果を失う。だったらあの赤ん坊の化け物、その中にいる《大　教　授《グランドプロフェッサー》》を斬ること。僕たちは真っすぐにそこを目指せばいい。そのためには────」

「ッ⁉」

瞬間、合一している肉体から珠雫の脳内に、一輝が思い描く戦略のヴィジョンが流れ込んでくる。

それを受けて珠雫はひどく困惑した。

「本気なんですか」

「悪いけど問答をしている時間が惜しい。これは珠雫が居ないと成り立たない作戦だ。言う通りにしてくれ」

「〜〜〜〜〜っ」

確かに、今意識の中で共有された策ならば魔力の消耗は虫の軍団を凍り付かせるよりもずっと軽く済む。合理的といえば、確かにその通りなのだろう。

だが——この作戦は同時に捨て身だ。

大きな損害をはじめから覚悟する作戦。

珠雫としては兄にそんな真似《まね》はさせたくない。させたくないが……彼が言って止まるような人間では無いことも、またこの大きなリスクを伴う捨て身の攻勢を成功させる技量を持っていることも、珠雫はよく理解していた。

「わかりました。でも、後で怒りますからねッ!!」

だから、

「《白夜結界》——ッ!!」

珠雫は一輝の望みに文句一つで従った。

珠雫の《白夜結界》。

それは濃霧を発生させることで戦場の視界を利かなくする、かく乱用の伐刀絶技《ノウブルアーツ》だ。

濃い霧はそれなりに広いラボの隅から隅まで瞬く間に広がる。

この状況に《ダーウィン》の本体である怪物の脳髄は、即座に一輝達の思惑を看破する。

これはかく乱。

濃霧に紛れ、虫たちを突破し、ステラを捕らえるカプセルか、あるいは《ダーウィン《自ら》》の中に匿《かくま》っているアイランズを狙《ねら》うつもりなのだと。

ステラさえ助けられれば虫達を相手にする必要はない。戦術的な優先順位を間違えない冷静な判断。

しかし――

「キィィィィィィィイ――――ッッ!!!!」

《ダーウィン》から生み出された虫たちは、即座にこの視界の利かない戦況に合わせ、最適な応手を取るための進化を行う。

巨大な昆虫たちはドロリと肉色のアメーバ状に崩れたかと思うと、ぐねぐねと蠢《うごめ》きながら形を整形。体中に鋭いトゲを持つげっ歯類――巨大ハリネズミに変体したのだ。

ハリネズミ達は濃霧の中、くるりと身を丸め体表の針を立てる。

その直後、目に見えぬ体表以下の組成を変質。肉体を構成するたんぱく質のすべてをニトロに変える。

すなわち、己《おのれ》自身を爆弾化したのだ。

「キャァアアアアアアアアア――――ッッ！！！！！」

《ダーウィン》本体の甲高い声をトリガーとして、30近い巨大ハリネズミ爆弾が一斉に破裂。爆炎と共に鋭い体表の鋭い棘《とげ》を四方八方にまき散らしながら、戦場であるラボ全体を飲み込む連鎖爆発《ばくはつ》を起こす。

そう。視界が利かず一輝たちの位置がわからないのであれば、索敵が不要なほどすべてを吹き飛ばしてしまえばいいだけのこと。

そのために進化した爆弾の威力は絶大だった。爆発そのものの威力はもちろん、体表の鋭い棘の榴弾《りゅうだん》がラボ全体をくまなく穿《うが》つ。

霧が吹き飛ばされたラボで無傷で残ったのは《ダーウィン》本体が肉壁となって守ったステラを納めた装置と、それを操作するエイブラハムだけ。

他の機材やコンクリートの壁面は、飛び散った棘で穴だらけになっており、すべてがスクラップと化した。

コンクリートや金属でさえその有様だ。人間など無事で居られるわけもなく、爆心地には体中を棘で穿たれた一輝が、自らの身体から零《こぼ》れた血の海の中に倒れ伏している。

戦いは決着した、かに見えた。

――だが、

「うぉおおおおおおおおおおおおおっっっ！！！！」

「ッツ！？！？」

ラボに一輝の力強い雄たけびが響く。

地面に倒れ伏す一輝からではない。

《ダーウィン》は驚き、すぐにその出所を探り、見つけた。

天井《てんじょう》だ。

見上げれば、ラボの中では比較的被害の少ない天井に、天地を逆さに駆け抜ける無傷の一輝の姿がある。

それを目にした瞬間《ダーウィン》は自身もまた水を操《あやつ》る霊装《デバイス》故に、状況を理解した。

床に転がっているのは《水分身》。

水で作ったデコイであり、自分の目を欺くためのもの。

本体は一歩ごとに足裏を壁に凍結接着することで道とし、天井へ駆けあがり爆破《ばくは》の直撃を回避したのだと。

そしてそこから――

「《剣鯨《イッカク》》!!」

天井を蹴《け》り直滑降。ステラを捕らえる装置を狙う渾身《こんしん》の突きを放つ。

「――――キィ……」

奇襲は完璧《かんぺき》にハマった。

《ダーウィン》は完全に不意を突かれた。

それは間違い無い。しかし――

それでも《ダーウィン》の進化を以てその失策にさえ適応する！

「キィヤアァアアアアアアアアアアアアアアア！！！！！」

ぞろりと《ダーウィン》はろくろ首のように首だけを伸ばすと、獲物に飛び掛かる蛇のような凄まじい速度で落下してくる一輝に襲い掛かる。

そして赤ん坊の顔に似合わない黄ばんだ乱杭歯《らんぐいば》の生え並ぶ顎で、彼の胴を喰い千切った。

一輝の速度を《ダーウィン》の進化が上回ったのだ。

ぶちりと噛《か》み千切られた一輝の下半身が血と臓物を零しながら宙を舞う。

命をなくした肉塊はそのまま地面に自由落下し、地面にぶつかった瞬間そのすべてが水となって崩れる。

「キッッ、――――――！？」

直後、強烈な痺《しび》れが《ダーウィン》の肉体を縛った。

身動きが取れない。いったい何が起きたのか。

その答えを《ダーウィン》が知ることはなかった。なぜなら――

「《割断《カチワリ》》――――ッッ！」

何かを思考する暇もなく、絶対零度の刃でその巨体を両断されたのだから。

◆◇◆◇◆

絶対零度の刃を叩きつけ、敵を瞬間的に凍結させることで一切の『揺らぎ』を封じ、斬撃のエネルギーを１００％通す《割断《カチワリ》》。

それを受けた《ダーウィン》の巨体は真っ二つに割れ、断面から砕け、白い霜の霧となって散る。

その白霧の中に赤い鮮血が舞っている。

《ダーウィン》のものではない。《ダーウィン》はその血の一滴に至るまですべてが凍り付いたのだから。

鮮血は――《ダーウィン》を叩き斬った黒鉄一輝のもの。

剣を振り下ろした一輝の身体は、至るところを鋭い針で穿たれ血を噴き出していた。

そう。彼は爆破を避けてなどいなかった。避ける気などなかったのだ。

それが一輝の策。

アイランズの魔法で生み出された魔法生物が、その肉体の組成を変化させ爆弾化するところを、ステラが拉致された折、一輝はすでに見ている。知っている。

故に彼は確信していた。戦場全体の視界を利かなくし、かく乱を行えば、あの時と同じように自爆による範囲攻撃を行ってくるだろうと。

《ダーウィン》はまさしくその通りに動いた。

対し一輝は、行動不能になるレベルの致命傷のみを避け、あえて榴弾の直撃を受け入れ、無残な姿を晒《さら》した。

とはいえ、死んだふり程度で油断はしないだろう。

だから一輝が自分の姿を晒すと同時に、珠雫が吹き飛んだ《白夜結界》の水分を用い《水分身》を発動。

ステラの捕らわれた装置を狙う。

この奇襲が成功するならそれはそれでよかったが、流石に《ダーウィン》も対応。この《水分身》は破壊されるが、それでもまだ一輝の策謀の網からは逃れられない。

《水分身》に使われた水は瞬時に大量の神経毒へ変化。《ダーウィン》の活動は阻害され、いよいよ致命的な隙を生む。

同時に動き出した一輝に、天井から奇襲をかけた《水分身》に気を取られた《ダーウィン》は対応出来ない。

その結果が、この結末。

一流相手に同じ手を二度も使った。

その愚策を打った時点で結末は決まっていたのだ。

だが、この一輝の策を読み切れというのも《ダーウィン》には無茶な話だった。

なぜなら、進化とは合理性の上に成り立つものだからだ。

珠雫の治癒という後ろ盾があるとはいえ、致命傷以外すべての負傷を受け入れるという常軌を逸した発想。だがそれが最善《ベスト》に繋がるならば迷いなく選択し、決行する。骨を断つためならば、肉どころか内臓まで抉《えぐ》らせる。

どこまでも自らの判断に、決断に、勝利に殉じる、今一時に対する純度の高さ。その合理性《ベター》から遠い精神性は、《ダーウィン》の性質からは想像もつかないものなのだから。

しかしその一方で、一輝の姿勢、修羅としての生き様に、

「素晴らしい……」

白霧の中で何者かが感嘆した。

◆◇◆◇◆

《ダーウィン》の巨体は鏡開きに左右に割り断たれ、芯まで凍った肉体に受けた衝撃によって粉々に崩れ落ちる。

「やった‼」

その様に珠雫は歓喜の声を上げる。が――

「いや、受け止められた」

確かに《ダーウィン》は頭から股まで真っ二つになったが、刃を地面に叩きつけるつもりで振り下ろした《陰鉄》の刀身は何かに阻まれ静止した。

一輝は《陰鉄》を伝う感触からその事実に表情を強張らせる。

ガラガラと霜煙を巻き起こしながら崩壊する《ダーウィン》。

霜煙の中に、《陰鉄》の切っ先を摘まむ二本の指がある。

「フフ。いいなぁ。やはり君は――」

どこか嬉《うれ》しそうに笑う声は、アイランズのものではなかった。

もっと若い男の声のもの。

それは聞き違いなどではなく、

「イッキ君。君は、私によく似ているよ」

崩れ落ちる《ダーウィン》の中から現れたのは、顔立ちが一輝と瓜《うり》二つの若い男だった。

◆◇◆◇◆

「《ダーウィン》では勝てないわけだ。やはり、君は私が直々に相手をしなくてはな」

霜となって崩壊する《ダーウィン》の肉塊から現れた白衣の男は、一輝によく似ていた。

しかしそれは顔立ちの話であって、異なっている部分もある。

まず髪の毛。一輝とは違い、男は輝くような金髪だった。

体つきもやや異なっている。骨格や肉付きが一回り大きいのだ。

アイランズが居たはずの《ダーウィン》の内部から現れた謎《なぞ》の青年。

何者かと誰何《すいか》する前に、一輝は採るべき行動を起こした。

《陰鉄》を摑《つか》む青年の腕を蹴りあげて、すぐさま間合いを開いたのだ。

「お兄様……!?　いえ、貴方は……！」

一輝が間合いを開き、その青年を遠目で捉《とら》えた瞬間、珠雫は気づく。

風貌が一変しているが、青年の纏う魔力は間違い無く——

「もちろんカール・アイランズだとも」

珠雫の気づきをアイランズは肯定する。そしてその証拠とばかりに、

「戻りたまえ。《ダーウィン》」

己の霊装《デバイス》の名を呼んだ。

すると凍り付き粉々になった《ダーウィン》が再び活性化。

氷のひび割れから零れたドリップが、肉の泡を吹き出しながら細胞分裂を始め、新たな形に変化する。

今度はサイズも小さく、生き物でもない。

骨と肉で作られた刀だ。

アイランズはその柄を手に取り、地面から引き抜く。

刀を手にしたその姿はいよいよ一輝にそっくりで、珠雫は息をのむ。

「貴方は……自分の肉体を分解するだけでなく、自在に作り変えることが出来るというの!?」

「似たようなことはシズク君にも出来るだろう。ならば私に出来ないわけがなかろうよ」

確かに珠雫も今一輝と合一して、《傀儡王》《かいらいおう》オル＝ゴールとの戦いで欠損した肉体をカバーしているように、自らの肉体を細胞単位で操作することが出来る。

しかしそれは自分自身の肉体という元から設計図の存在する物体と、彼女が心から愛し理解

している一輝だからこその神技だ。

だが目の前の敵は、あろうことか人体の設計図を自在に改竄《かいざん》している。

「私程人間というものを識《し》っている者はいない。そんな私にとって、万事を一つの体でこなすのは不合理だ。対処すべき状況に応じ、最も適性の高い肉体に自らを変化させる。それが合理的。違うかね?」

そのアイランズの言葉に珠雫は畏怖を覚えた。

確かに合理性を追求すればその通りだ。

だからといって、言うほどに簡単な行為ではない。自らの体細胞の再構成をミスすれば、生命にどんな影響が起きるか。事実、珠雫は設計図が存在する自分自身の再構成さえ、当初はミスをしていた。

《白衣の騎士》薬師キリコに処置してもらわなければ、今頃《いまごろ》死んでいたかもしれない。

体細胞の再構成の難しさを知るからこそ、設計図もなく易々《やすやす》と自分自身の身体を作り変えるアイランズの技量に珠雫は恐《おそ》れを感じたのだ。

そして、そのアイランズが合理的と言った今の姿はまさしく――

「この身体はイッキ君がこれから長い歳月を経て完成させるだろう肉体の全盛期を想定して構築している。いわば今時点のイッキ君の完全なる上位互換というわけだ。君を討つのにはうってつけだ」

「っ……！」

その言葉はなんら大げさなものではない。

アイランズはまさしく真実を言っている。

現在進行形で一輝の肉体の損失を埋めつつ、治療を施している珠雫にはそれが理解出来た。

アイランズのとった姿がただのこけおどしではなく、黒鉄一輝という人間の描く成長曲線の頂点に位置するポテンシャルを持っていると。

だが、

「実にくだらないペテンだな。《大教授《グランドプロフェッサー》》」

自らの力量をひけらかすように語るアイランズに、一輝のほうは冷淡な反応を見せた。

それは水使いでない一輝にはアイランズがどれだけ高度な魔術を行使しているか理解できないからという以上に、この変身自体の不合理さ故だ。

「技が伴わない僕の身体なんて、ただの普通の人間だよ！」

多少成長させたところで結局のところ一輝の強さは彼自身の技によって支えられるもの。

その肉体はよく鍛えているだけの人間だ。

ならば自慢げに語るほどの戦力増強というわけではない。

多少脂肪が落ちて身軽にはなるだろうが、その程度だ。

一輝は迷いなく再度間合いを詰めるべく敵に向かって踏み込む。

「《蜃気狼《しんきろう》》――――ッ!!」

無論、無策での踏み込みではない。

一輝は踏み込みに微妙な緩急をつけ、敵の目をくらます幻影を生む。

左右と真ん中。相対するアイランズの目には三人の黒鉄一輝が見えるだろう。

そしてそのいずれが本物かは、斬ってみなければわからない。

この一輝の仕掛けに対しアイランズは、

「技が伴わなければか。それはもっともだ。しかし――――技も伴っているとすればどうかね?」

悠然と笑った。

笑いながら上体を沈め、

「《蜃気狼》」

残像を生む一輝の踏み込みを、自身もまた同じ緩急での残像を生み、迎え撃ったのだ。

それも一輝が左右一つずつに対し、左右に二つ、上に三つ。

「っ――――!?」

《蜃気狼》に《蜃気狼》を被《かぶ》せられた。

それも、一輝が行ったもの以上の精度と速度で。

この現実は一輝に小さくない動揺をもたらし、その揺らぎは本物の一輝がどれなのかを見極めるには十分なものとなる。

真ん中だ。

アイランズは一輝の幻惑を看破すると、肉と骨の刀を振りかぶり斬りかかる。

一方、一輝もこのままあっさり出鼻をくじかれるほど可愛《かわい》げはない。

僅《わず》かに敵に先手を許したが、すぐに巻き返しを図る。

もはや互いの刃が届く領域。小細工を弄する暇はない。求められるは純粋な速さ。

一輝は剣の軌跡さえ見せない高速の斬撃を以て、敵の先手に追いつく。

「《雷光》」

「────ッ⁉」

否、正確には追いつこうとした。

しかしその企ては実らなかった。

《蜃気狼》に続き《雷光》まで。アイランズはまるで自分の剣技であるかのように繰り出し、
鍔迫り合いに持ち込んだのだ。

黒い刃と白骨の刃が食い合う一合。

だが互角ではなかった。

「ぐあっ！」

拮抗《きっこう》することもなく、大きく後ろへと弾《はじ》き飛ばされてしまったのは一輝の方。

受け身をとり追撃の隙を晒さなかった一輝だったが、その表情には驚きが滲む。もちろん彼

の傍らに寄り添う珠雫の表情にも。

「ど、どうしてお兄様の剣術を貴方が使えるの……⁉」

あまりにも不可解な現実。

自らの肉体を作り変える。それはアイランズの能力の延長線上にある技だ。まだわかる。

しかし何故一輝の技までも扱えるのか。

その当然の疑問に、

「見て覚えた。それだけさ」

こともなげに、アイランズは言ってのけた。

「何も不思議なことはないだろう。イッキ君にだって出来るじゃないか。《模倣剣技《ブレイドスティール》》といったかな。たしか」

「嘘《うそ》……！　あれはお兄様の——……！」

「別にイッキ君だけの能力というわけではあるまい。あれは伐刀絶技《ノウブルアーツ》とは違う。彼の集中力と知識と洞察力の賜物《たまもの》だ。同等のモノを持っていれば、無能力者にさえ可能なことだ」

「……‼」

改めて言われて、珠雫は言葉に詰まった。

確かに、あまりの神技故に《模倣剣技《ブレイドスティール》》や《完全掌握《パーフェクトヴィジョン》》を一輝固有の能力と考えている節があることに気付かされたからだ。

「魔力の素養に恵まれずとも頂点を志す。その険しい道を歩み切るために今の自分に出来るすべてを尽くそう。言葉にするのは簡単だが言葉ほどに容易な行為じゃない。しかしその文字通りの『全力』を発揮出来る。《模倣剣技《ブレイドスティール》》や《完全掌握《パーフェクトヴィジョン》》そして《一刀修羅《いっとうしゅら》》もまた、そういう今この瞬間に対する純度の高さ、集中の深さが可能とする絶技だ。つまりはイッキ君の強さの源泉はそこにある」

アイランズの言葉は正しい。

模倣も、洞察も、そして能力も、一輝は最低限のものを極限の集中力と目的意識を以て瞬間的に出し切ることで、その有用性を高めている。そこに彼の魔導騎士としての資質は関係がない。

偏に彼の人間としての強さ。

そして、

「そしてそれは――私も同じなのだよ。イッキ君」

アイランズは親しみさえ籠《こも》った瞳《ひとみ》で一輝を見やる。

「人類をさらなる位階へ進化させる。神がやり残したその工程を私自身の手で進める。この私の夢には敵が多い。倫理は、世界は、いつだって私の前に立ちはだかった。人類がさらなる進歩を遂げるための実験を悪魔の所業と嘲り、妨害してきた。無知で蒙昧《もうまい》な進歩を捨てた愚か者共に、何度煮え湯を飲まされてきたことか。しかし私は諦めなかった。胸にくすぶる悔しさが、諦めることを許さなかったのだ」

「――――」

「知識が必要ならばあらゆる知識を吸収した。武芸が必要ならあらゆる武芸を身に着けた。権力が必要ならあらゆる権力を我が物にした。金が必要ならあらゆる手段でかき集めた。科学者として、能力者として、政治家として、銀行屋として、篤志家として！　七十年という人生の中で私は必要に応じ数多《あまた》の貌《かお》を持ち、そのすべてを全力で生き続けてきたのだよ」

それがアイランズの生涯だった。

究極の人間を作り出し、そこから再現性を確立することで、人類を自らの手で進化させる。

そんな一度の生涯、一本の道では果たし切れぬほど大きな夢を叶《かな》えるため、何十人分もの人生を駆け抜けてきたのだ。

「そんな普通の人間には想像もつかないほどの濃密な今一時を過ごしてきた私にとっては造作もないことだ。一度見た運動を覚えることなど。――君なら理解出来るだろう。イッキ君。私と同じ、今一時に全霊を尽くす君ならば」

「…………」

一輝は否定しなかった。

もとより自分に出来ることが他人に出来ないと驕《おご》る気質ではない。

むしろ敵の実力、隠された技量を見破れなかった自分に恥じた。

いやそれほどまでにアイランズの擬態は完璧だったのだ。

強さの気配すら隠し切る。只者ではない。一輝はここにきて目の前の敵の戦力評価を大きく改める必要を感じた。

故に一刻を争う状況において攻め手を欠き、にらみ合いをせざるを得なくなる。

攻勢の衰えた一輝を見て、アイランズの目が笑う。

「フフ。そうとも。君なら理解出来る。私の強さも。同時に、今自らが置かれている状況の悪さもね」

「……技が模倣される事自体は大した問題じゃない。問題なのは《蜃気狼》も《雷光》も……アンタのほうが使いこなしていたということ。その肉体の力というわけか」

「そうだ。君の剣術は今現在の君に最適化されたものだ。しかし私は君の肉体の全盛を持ってくることが出来る。その肉体に剣術を最適化することも。つまり……この私の姿はただの成長した君の姿ではない。君がこれからも理想を追い求め続け、鍛錬を重ねた遥か先にある《剣神》黒鉄一輝としての完成形。相対する敵の理想の姿を先取りし実現する。

これが《大教授《グランドプロフェッサー》》カール・アイランズの《完全結実《パーフェクトフォーチュン》》だッ‼」

直後。アイランズが猛攻を仕掛けてきた。

一呼吸のうちに《蜃気狼》による踏み込みで一輝を間合いに巻き込み、《雷光》の連撃で畳みかける。

一輝はこれに同じく《雷光》を以て対応するが、それは先ほどの二の舞だ。

速度も威力も、アイランズの雷光が勝る。

一歩、また一歩、一輝は後退を余儀なくされ体勢が悪くなっていく。

「人類の進化という私の大望に比べれば強さ比べなんて簡単な算数だな！　敵よりもより大きな数を出せばいい！　相手の上位互換の肉体。相手の上位互換の技術。それらを以て状況に当たれば敗れようがないのだから！」

「っ‼　第二秘剣――《裂甲》ッ‼」

もちろん一輝も先ほどと同じ轍《てつ》は踏まない。

押し込まれて体勢が窮屈になるや、その体勢からでも威力が出る技に切り替える。

剣を満足に振るえない体勢からでも、腰の捻《ひね》りと下半身のバネを活用して繰り出す強撃。剣で行う寸勁《すんけい》《裂甲》。

それをアイランズの《雷光》を受けた直後に放ち、反撃を試みる。

しかし――

「《裂甲》」

人体を透かして見る水使い特有の能力で、一輝の筋肉の動きを掌握していたアイランズはこの応手を読んでいた。

自分もまた同じ《裂甲》を放ち、対応。

黒鉄一輝としての完成形であるアイランズの肉体が放つ《裂甲》を前に、打ち負けたのは一輝の方だった。

《陰鉄》は弾かれ、無防備な正中線が晒される。

「《犀撃《さいげき》》」

アイランズは晒された一輝の胸部目掛け、白骨の刀の切っ先を叩きこむ。

《裂甲》に弾かれた刀身は大きく体の外側に泳いでおり、《雷光》の速度を以てしても引き戻すことはかなわない。アイランズの突きの方が速い。だが回避できるタイミングでもない。しかし刀身は間に合わずとも柄尻《しり》を引き戻すくらいは出来る。

一輝は柄を引き戻し、柄の側面で《犀撃》の切っ先を止める。

だが《犀撃》は体ごと相手に叩きつける突進技。

柄受けという不安定なガードでは到底アイランズの勢いを殺し切れない。

アイランズの突撃は止まらず、一輝の両足は地面から引っこ抜かれ、背中から背後の壁に叩きつけられる。

「がっ……！」

背後の壁に刀の切っ先で押し付けられる形となった一輝。

この体勢は危険だ。

身体を押し付けられる体勢では敵の攻撃を受け流すことが出来ない。

だがこの状態でも一輝には応手が残されている。

全身の筋収縮により生み出す振動を武器を通して相手の肉体に叩き込む浸透勁。

「《毒蛾《どくが》の太刀》ッ‼」

柄と刃を伝い肉体に浸透した衝撃は、人間を内部から破壊する。

しかし、

「ぐっ、ハッッ‼」

口から血の霧を吹いたのは一輝の方だった。

「君の技はすべて知っているよ。《七星剣武祭《しちせいけんぶさい》》《ヴァーミリオン戦役》そして《東京湾決戦》
――ステラ君に目を付けた瞬間から、君と戦う用意をしてきたのだから」

頬《ほお》に返り血を受けながら嗤《わら》うアイランズ。

彼もまた再び同じ瞬間に同じ技を繰り出していたのだ。

だがその精度と威力は肉体の性能差ぶん、やはりアイランズに軍配が上がる。

相殺されきれなかった衝撃が一輝の肉体を内部から蹂躙《じゅうりん》したのだ。

さらに一輝にとってマズいのは、切っ先で壁に押し付けられているといういわばマウントをとられた体勢が継続するという現実。

この体勢でいる限り一輝はアイランズの《毒蛾の太刀》を無防備で受け続けることを強いられる。

当然、アイランズは容赦をしない。

「悲しいなぁイッキ君。君が足りない能力を補うため、これだけの技を身に着けるのにいったいどれだけの労力を払ってきたか。しかし私は君が膨大な労力と時間を投じて培った以上のものを瞬時に都合することができる。能力の格差とは悲しいものだ」

「がっ!!」

「弱い能力を持って生まれた者は夢を見ることも叶わない。Fランクとはいえ伐刀者《ブレイザー》であるイッキ君はまだ恵まれている。伐刀者《ブレイザー》でさえない人間など、もはや同じ生き物であるかさえ疑わしい。現にその手の差別は至るところに存在する」

「ぐっ、ふ!」

「世間一般に神と形容される存在がいるとすれば全くひどい手落ちだよ。この不平等は。私はね。そんな状況を神に代わって変えたいのだ。全人類が平等に同じ力を持ち、同じ夢を見られる世界にしたいのだよ。《暴君》と《紅蓮《ぐれん》の皇女》。魔人《デスペラード》と魔人《デスペラード》の配合から生まれながらにして人の枠を踏み越えた完全な人間を作り出し、それをマスターピースとし設計図を引くことで。やがては全人類を伐刀者《ブレイザー》――いや魔人《デスペラード》としてみせる!」

「〜〜〜〜〜〜うっ!!」

歌うように高らかに、アイランズは自分勝手な夢を語りつつ、壁に押し付けた一輝に連続で《毒蛾の太刀》を打ち込む。

一輝も都度同じ技で相殺を試みるが、威力を多少減衰させるのがやっとだ。

口やまだ珠雫の治癒が間に合っていない体中の刺創裂創からどす黒い血が噴き出す。

「神に代わって私が人類を完成させる。私の夢は君のような不幸な人間を救うことも出来るのだよ。有意義だとは思わないか？　君がそれを理解してくれるなら、命まではとらないが」

自らの剣技で血を流す一輝を嘲るようにアイランズは降伏勧告を行う。

これに一輝は、——口の中のドロリとした血の塊をアイランズの顔に吐きつけて応答とした。

「その世迷《よま》い言《ごと》を聞いて僕が引き下がると思っているのか。大層な二つ名の割には頭が悪いな。《大教授《グランドプロフェッサー》》さん」

「……別に期待はしていないさ。凡夫が目先の損得にとらわれ私の邪魔をするのはいつものことだ」

アイランズは空いている左手で吐きつけられた血を拭いつつ、一輝の挑発的な行動に落胆に近い表情を見せる。

この期に及んでこんな安い挑発をする不合理さに呆れたのだ。

ピンで磔《はりつけ》にされた虫のような有様で、口だけ達者にしていればまだ対等に闘争できているとでも思っているのかと。

《完全結実《パーフェクトフォーチュン》》はそのものの目指す先にある理想の状態。

最大化された当事者の戦力だ。

特に一輝のような体技を主軸にする騎士にはこれ以上無い程効果的。事実一輝は先ほどから
すべての技を相殺以上で返されて成すすべがない。

だというのに、――その目は死んでいない。

刃のように鋭い敵意を今もなお、血走った眼の奥から向けている。

アイランズにはそれが不快だった。

（解は明らかというのに駄々《だだ》をこねる。出来の悪い生徒だ。いいだろう。ならば嫌というほど
現実を叩きこんでやろうとも）

アイランズは再び《毒蛾の太刀》を一輝に打ち込もうとする。その刹那だった。

「《裂甲》ッ!!」

「――――っ！」

一輝を切っ先で壁に押し付けていたアイランズの身体が後ろへ押し飛ばされる。

《毒蛾の太刀》は技の性質上、一度重心を後ろに引かなければならない。

それはほんの僅かな体軸の傾斜。しかし、七星剣武祭の舞台でその特徴を暴《あば》き毒を回避し
た男がいた。

元《七星剣王《しちせいけんおう》》諸星雄大《もろぼしゆうだい》だ。

一輝はそれに倣い、アイランズがほんの僅かに重心を引いた瞬間を狙い、窮屈な体勢でも放てる《裂甲》の理合いを以てアイランズを柄で突き飛ばしたのだ。

開けた間合いは僅か三間。

しかしそれだけあれば刀は振るえる。戦える。

一輝は一転攻勢に転じる。

「だが多少間合いを開いたところで、このいかんともしがたい戦力差をどうするね⁉」

アイランズの挑発に一輝は言葉ではなく剣で応《こた》える。

刃の軌道が目にも止まらぬ高速の斬撃。

《雷光》で。

しかしそれは、

「落第だな！　それはすでに履修済みだろうが！」

そう。《雷光》はアイランズに通用しなかった。

これでは同じ轍を踏むだけ。

当然アイランズはそう追い込むべく、自らも《雷光》を返す。

一輝よりも強く速い《雷光》。

五合も打ち合えば再び一輝は劣勢に追い込まれるだろう。

だが、一輝はすでにアイランズの強さの性質と、その対策法を理解していた。

「《天津雷光《あまつらいこう》》――――――ッ!!」

「ッッ!!」

一輝が放ったのはただの《雷光》ではなかった。

《雷光》に、黒鉄家に伝わる旭日一心流《きょくじついっしんりゅう》・烈《れつ》の極《きわみ》《天津風《あまつかぜ》》の理合いを合わせた複合技だ。

《天津風》は長い歴史の中で研鑽《けんさん》・効率化された百八連斬のコンビネーションを、繰り返し繰り返し気の遠くなるほど反復し、頭ではなく血と肉と髄にその動きを刻みつけることで、思考という工程を排除した極限の高速制圧剣技だ。

これこそ対アイランズの突破口と一輝は判断した。

なぜならアイランズの《完全結実《パーフェクトフォーチュン》》による模倣は、その理合いを生体力学として頭で理解した上で、相手より優れた肉体《ハード》を使い実行することで優位性を得る技。

つまり彼は常に頭を使って思考している。

対し《天津風》は反復を重ねた時間だけが全ての技だ。

いくら百八の手順を知っていたところで、それをなぞるために頭を使っていては思考ぶん剣速が鈍る。

この技だけは《完全結実《パーフェクトフォーチュン》》でも模倣が利かない。

事実、五合で一輝の《雷光》を追い越せると踏んでいたアイランズのほうが、一輝の畳みかける連撃に圧され、後退を余儀なくされる。

「これはオウマ君の技か。なるほどよく考えたいい解答だぞこれは」

しかし、押し込まれつつもアイランズの表情にはまだ余裕がある。

《天津雷光》は《黒騎士》戦で使われた技だ。

あの戦いは連盟加盟国同士の正規の戦争として映像が配信されていた。

だからアイランズはこの技を見たことがあり、故にその綻びも知っているのだ。

（この火の出るような連撃。一見隙などないように見えるが、57手目と58手目の繋ぎに、人間の構造上やや難しい動きが含まれている。そこを見計らい——後ろに逃れればいい）

「ッぁ⁉」

《天津雷光》の57手目を防いだ瞬間、針の穴ほどの連撃の隙にアイランズは半歩後ろへ退いた。僅か半歩、しかし一輝にとっては致命的な半歩。

《天津雷光》は敵を連撃に巻き込み続け何もさせないからこそ有効な技だ。

一度技の間合いの外に逃れられると、思考を排しているぶん急に止まることが出来ず刃は空転、致命的な隙を晒すことになる。

当然アイランズがそれを逃すはずはない。

58手目が空振りしたと同時に今度は半歩踏み込み、《雷光》を返す。

《天津雷光》は相手に受けさせることを前提にしたコンビネーション。

空振りすれば後が続かない。

アイランズが放つ返しの刃に対抗する手段はなく、

「これでジ・エンドだッ!!」

アイランズは自らの勝利を確信し――

次の瞬間、一輝の58手目、頭部への横薙《な》ぎによって頭蓋の上半分を切断された。

◆◇◆◇◆

《天津雷光》の58手目。

それにより頭を割られたアイランズは、安堵する。

ギリギリで気化による回避が間に合ったからだ。

（危なかった）

あと僅かに気化が遅れていれば、運動中枢を司《つかさど》る小脳を破壊されていた。

背筋に冷たいものを感じながら、アイランズは斬撃を流され隙を晒した一輝の腹に蹴りを叩きこみ吹き飛ばす。

「ぐはっ！」

「お兄様ァッ!!」

再び壁に叩きつけられる一輝。

しかしアイランズは追撃しない。

いや、出来なかった。

届かない間合いに斬撃が届いてきた。その現実が追撃を躊躇《ためら》わせたのだ。

一体何が起きたのか。

その理由は一輝の右手にある。

解いた柄糸だ。彼は柄糸を握り、《陰鉄》をヌンチャクのように振るうことで58手目のみ間合いを伸ばしてきた。

しかし一輝はアイランズが《完全結実《パーフェクトフォーチュン》》を発動してからずっと防戦一方だった。いつの間にこんな小細工を──考えてアイランズは思い至る。

自分の突きを柄で受けた時。あのとき、一輝はアイランズの刀を使って《陰鉄》の摑糸《つかいと》を斬り、緩ませたのだと。

そしてその布石をアイランズが反撃の仕掛けを打った58手目のみに使ってきた。

(あの時からこのシナリオを考えていたわけか。──いや)

そうではない。

そういう思考を挟むと《天津風》が鈍る。

恐ろしいことに一輝は、生き物が息をするほどに当たり前のように、あれこれ思考を巡らせることもなく、一見アイランズの優勢に見えた一連の攻防全てをコントロールしていたのだ。

(敵の戦力を、一つ見誤っていたようだ)

先ほどアイランズは戦闘を数字に例え、より大きな数を出したものが勝つと言ったが、その言葉に沿うならば一輝の戦力は一定の数字ではなく変数だ。

彼の剣は周囲の状況や瞬間瞬間の敵の心情、切れた搦糸まで、すべてに係り常に変動をする。

このご時世に武芸を修める者にありがちな拘《こだわ》りはなく、勝利に至るための道具でしかない。

こんな芸当を無意識でやられては、技を合わせようがない。

(同じ技をあえてぶつけて力の差を思い知らせたい。そういう私の欲をも《完全掌握》《パーフェクトヴィジョン》したというわけか)

なるほど。負け戦の百戦錬磨は伊達《だて》ではない。

しかし——

「フフ。しぶといしぶとい。どんな劣勢でも僅かな活路を見出《みいだ》してくる。その諦めの悪さこそが君の最大の強みだ。今のは肝《きも》を冷やした。完全に虚を突かれたよ。しかし、それは私だけではなかったようだね」

「……っ!」

嘲るように言われ、苦虫をかみ潰《つぶ》したような表情になったのは、珠雫だった。

そう。今の攻防、アイランズも出し抜かれたが、あまりに戦いが高速化したために珠雫もついていくことが出来ず、結果本来は彼女が凍結の伐刀絶技《ノウブルアーツ》で対応しなければいけない気化に対応出来なかったのだ。

「『気化』による回避を扱う私を捉えるには、シズク君の冷気が不可欠。しかし、対象を一瞬で芯まで凍らせる力を常に刃に纏わせることはシズク君には出来ない。魔力が足りないからだ」

だから珠雫は持ち前の器用さで、斬撃の瞬間にのみ冷気を最大化していた。

だが、先ほどの攻防は一輝の思考を追い抜く判断の連続に珠雫は対応が間に合わず、58手目を空振りと勘違いし、アイランズの返しの刃に対応するよう防御へ思考を移してしまった。

結果、アイランズの意識と傲《おご》りの間隙を縫う起死回生の一撃を無駄にしてしまったのだ。

「フフ、あまり妹に信頼されていないな、イッキ君。しかし、私は彼女が足を引っ張ってくれたおかげで助かったよ」

「っ〜〜〜〜‼」

この珠雫のミスは非常に大きい。

これで戦いは仕切り直しだ。

とはいえ、アイランズも先ほどのように軽々とは攻めない。

(この状況でこれだけの機転を利かすとは。戦いが複雑化するとどうやら向こうに分が生まれてしまうようだ)

彼は戦いをより単純化しようと考える。

技と肉体の差がどうしようも無く出てしまう、駆け引きを挟まないシンプルなものに。

そういう戦いに引き摺りこむ。

「君を相手に手数をかけた攻防を挑むのはそれ自体がリスクらしい。ならば私はこうしよう」

言ってアイランズは、身体を背骨ごと捻じり、左手で骨肉の刃を摑み、姿勢を低く構える。

「《追影《おいかげ》》……か」

「刀を摑むことで力と速度を溜《た》める。君の剣技の中で後の先の究極系といえばこれだ。それは君自身が一番よく知っているだろう」

生半可な攻撃ならば、居合の理合いによる加速とアイランズの《完全結実《パーフェクトフォーチュン》》によって作られた肉体の力でカウンターを決めることが出来る。

これを突破するにはもう《完全結実《パーフェクトフォーチュン》》でも真似が出来ない一輝固有の伐刀絶技《ノウブルアーツ》、すなわち《一刀修羅》か《一刀羅刹《いっとうらせつ》》いずれかの切り札を切るしかない。

アイランズはステラに残された時間が少ない状況を利用し、一輝の攻め手を縛り、戦いの単純化を図ったのだ。

「私は攻め込まず、君が来るのをじっくり待つことにしよう。時間は私の味方なのだから」

◆◇◆◇◆

（やってしまった……！）

なんという大きなミスを。

珠雫の胸中は後悔と自己嫌悪で息も出来ない程いっぱいになっていた。

（私のせいで千載一遇の好機を逃した……ッ‼）

相手は《青色輪廻》と同質の技を持つ相手。自分が冷気を使って固定しなければ斬ることが出来ない。自分の役割の重要さはわかっていたはずなのに——

「ごめ、ごめんなさいお兄様……！　私はなんということを……‼」

足手纏《あしでまと》い。アイランズの言う通りだ。

自分が足を引っ張った。自分のせいで勝機が失われた。

反論なんて出来ない。珠雫は震える声で一輝に謝罪する。

だが謝って済まされるレベルのミスではないことは珠雫自身が一番痛感している。

だから、

「……ここは《一刀修羅》で剣戟《けんげき》の中に活路を見出しましょう。一分間だけなら、私も《陰鉄》に最高出力の冷気を纏わせ続けられます！」

自分の不出来を認め、自分という足手纏いを計算に入れた上で作戦を提案する。

しかし、これに一輝は言った。

「珠雫。こんな男の口車に乗せられて、自分を卑下するのはやめるんだ」

「え……？」

「僕は珠雫が足手纏いだなんて考えたこともないよ」

それは一刻一秒を争う戦いの勝機を逃した直後だというのに、僅かな苛立《いらだ》ちや焦りもない優しい声だった。

「そもそも今僕がこうして立っていられるのは全部珠雫のおかげだ。珠雫が居なければ僕は《傀儡王》との戦いで死んでたし、今この瞬間も珠雫がこの身体の負傷をツギハギして動けるようにしてくれているから戦えてるんだ」

一輝は身を以て理解していたのだ。

この戦いで最も大きな役割を果たしているのは珠雫だと。

戦いの最中も常に《ダーウィン》との戦いで負傷した自分の身体を補修しながら、限られた魔力で戦い続けられるよう冷気を放出するタイミングを斬撃の一瞬に絞り、最大限の支援を効率的に行い続けている。

「それを足手纏いだなんて世迷い言にもほどがある。むしろ笑えると思わないか？　この場で一番誰が強い動きをしているのか。どうやらアイツにはそんなこともわからないらしい」

「お兄様……」

「僕は珠雫の強さを信じてる。だから珠雫も自分を信じてくれ。あまり敵を買いかぶる必要はない。アレは僕の戦った敵《キャリア》の中でもそう大した敵じゃない。僕と珠雫、二人がかりならどうとでもなる相手だ。軽く捻ってやろう」

もし一輝の声音に珠雫を気遣う様な色があれば、珠雫の胸は申し訳なさに潰されていただろう。だがそうではなかった。一輝は朝に『おはよう』と挨拶《あいさつ》するのと同じように、当たり前のことを当たり前に口にする調子でそう言った。

それは一輝が、珠雫への信頼に一片の疑いも抱いていない証左であり、

「っ～！　……ハイッ‼」

自分の失敗に動揺し自信を失いかけた珠雫をこれ以上無い程勇気づけた。

一方アイランズは、一輝の言葉で冷静さを取り戻した珠雫をつまらなそうに睥睨《へいげい》しながら、《追影》の構えのまま問う。

「で、その根拠のない自信をどのような式に証明してくれるのかな。君は」

応じる一手は、もう一輝の中で定まっていた。

彼は一度体の力を抜き、軽く深呼吸を三度。

息を整えてから最後に大きく息を吸い込み、──血を、沸騰させた。


「《一刀羅刹》──────ッッッ‼」

魔力光が暴風となって一輝の総身から燃え上がるように噴き出す。

切ったカードは《一刀羅刹》。

たった一撃のうちに自らの体力、気力、魔力のすべてを込め、使い切ることで身体能力を数百倍に引き上げる伐刀絶技《ノウブルアーツ》。

すなわち一輝は技を交わし、《一刀修羅》で一時的に《完全結実《パーフェクトフォーチュン》》との身体能力差を埋め、剣戟の中に活路を見出すのではなく、最速で、最短で、この戦いを決する道を選んだのだ。

そのために用いる剣技はもちろん、

「いくぞ。アイランズ」

左手で《陰鉄》の刀身を握りこみ、居合の理合いを用い一撃の威力と速度を増す構え。

《落第騎士《ワーストワン》》黒鉄一輝が剣に生きる道の果てにたどり着いた究極の一撃。

終《つい》の秘剣《追影》だ。

一輝は《追影》を溜めながら、《一刀羅刹》により超強化された脚力を以て、剣の間合いに捉えるべくアイランズに向かって駆け出す。

フェイントも駆け引きも何も無い。最短距離を最速で真っすぐに。

この一刀を以てケリをつける。

その一輝の決断にアイランズは、

「選んだな！　よりにもよって最も愚かな選択肢を‼」

破顔一笑。歓喜にも似た雄たけびを上げて迎え撃った。

一輝が《一刀羅刹》を纏い間合いに踏み込んできたこの瞬間、アイランズは間違い無く自らの勝利を確信した。

なぜなら――

(放てやしないさ！《追影》なんて‼)

《紅蓮の皇女》戦、《黒騎士》戦。二度の戦いを見てアイランズは《追影》という技の正体を完全に理解していたからだ。

あれは居合の理合いを用い斬撃の威力と速度を引き上げるだけの、単純な剣技ではない。

いや、技としてはその認識で誤っていないが、ここに付随する要素が《追影》をただの斬撃と一線を画す存在たらしめている。

その要素とは、黒鉄一輝の歩んできた『歴史』である。

《落第騎士《ワーストワン》》と侮蔑された、本来ならば騎士の世界で頭角を現しようもない劣等生が、数多の勝ちえるはずもない敵との勝負に勝利し、ついには《剣神》とまで崇《あが》められるようになったそのあり得ざる現実。

それは、彼が運命を乗り越え《魔人《デスペラード》》の領域に踏み入った瞬間、その刀身に現実よりも濃いリアリティを帯びさせるに至った。

あらゆる劣勢を、あらゆる困難をその刀一本で薙ぎ払ってきた騎士が、文字通りの全身全霊を賭《と》して放つ一閃《いっせん》ならば、――すべてを斬り裂けて当然だと強力な因果の集束を引き起こし、現実に結果を焼きつける。

一度《追影》を形に出来れば、発動と同時に事象は完結し、すべてはもはや決定した因果を追いかける影でしかなくなる。

あらゆる守りも過程も意味を成さない。

世界に残るのは《剣神》とも呼ばれる男が、敵を斬ったという結果だけ。

それこそが黒鉄一輝が運命を斬り進んだ果てにたどり着いた、『斬る』という概念の究極系。

《追影》という絶技の正体だ。

この技に『受け』や『回避』の概念は存在しない。《追影》を成立させる状況を揃えられた時点で因果は決する。かつて《黒騎士》はこの認識を誤って敗北した。

しかしアイランズはそれを正しく理解し、理解するが故に彼は今の一輝に《追影》を発動することは不可能だと、確信を持っていた。

(《追影》を《追影》たらしめるのは、君という《魔人《デスペラード》》が持ちうる力を振り絞り、究極の一刀を振るうからこそだ。だが、果たして今の君は世界をもひれ伏させる一撃に届きうるのかな。身体の半分を失い、妹という足手纏いとの合一を余儀なくされている、そんな満身創痍《まんしんそうい》のお前が！)

不可能だ。

ならば今の一輝が放つ《追影》はただの強力な居合斬りに過ぎず、《完全結実《パーフェクトフォーチュン》》ならば防ぎきれる。防ぎきれば《一刀羅刹》というカードを切った一輝はもう空っぽだ。この戦いの勝利は約束される。

そんなアイランズの確信――いや、都合のいい皮算用は、

「オオォオォオオォオォオオオオオ――――――――ッッッ!!!!」

「っ!?!?」

《一刀羅刹》を纏う一輝が、間合いに踏み込んだ瞬間に消し飛んだ。

(なんだこの圧迫感は……!!)

まるで暴風のように、一輝から放たれるプレッシャーがアイランズの総身を打つ。

眼前で刀を振るわんとする一輝の姿に、皮膚が痺れ、臓腑《ぞうふ》が委縮し、骨が軋《きし》む。

黒鉄一輝を間合いに入れた。ただそれだけで。

アイランズは侮っていた。

世界の因果さえその刀で書き換える剣豪に、自分の間合いで渾身の一刀を振らせる。

そのリスクを。

確かに一輝の状態は万全とは程遠い。アイランズの分析自体は正しい。

しかしそれでも、それでもなお黒鉄一輝はそんな逆境をいつだって超え続けてきたのだ。

そして今回も——彼は己が運命を力で切り開くべく黒い刃を振るう。

鞘《さや》にした左手から抜き放たれた黒刃が空を滑り、アイランズの首を刎ねんとする。

刃はまだ届いていないのに、冷たい鉄の感触を首筋に覚える。

その冷たさは瞬く間にアイランズの総身を巡る血さえも凍えさせた。

死の恐怖。

そうとした形容できない極限の緊張下に置かれた時、命あるものは等しく同じものを感じるという。

危機により限界まで高まった集中力が、時間を細く長く引き伸ばすのだ。

いわゆる走馬灯というもの。

その最中でアイランズは見た。

《陰鉄》の刃の動きに————影が遅れて追いかけてくるのを。

（駄目だ！　こんなものは幻覚だ！　あり得るはずがない!!）

いくら《一刀羅刹》を纏う一輝の動きが速いとしても、光を超えることはない。

物理的にありえない。絶対に。

これは一輝という《魔人《デスペラード》》の持つ運命に対する主体性が見せる幻だ。

そう、だからこそ、決して見てはいけない。認めてはいけない。

これを見るということそれ自体が、アイランズ自身の運命が一輝の運命に屈しつつあるという証左に他ならないのだから。

だからアイランズは必死に否定しながら、防御態勢を固める。

右手で柄を、左手で刃を握る《追影》の構え。それをそのままに、両手で剣を支えるように盾として、奔《ほとばし》る黒い刃を受ける――受けた。

瞬間、骨肉の刀《ダーウィン》の骨の部分に亀裂が走り、肉の部分からは血が噴き出した。

(重ッ――!?)

霊装《デバイス》だけではない。アイランズの全身もまた、《ダーウィン》から伝う衝撃に軋む。

《完全結実《パーフェクトフォーチュン》》で作った黒鉄一輝の到達点。その完璧な肉があまりの圧力に裂け、千切れ、骨に亀裂が走る。

とても受けきれない――

ならば逃げなくては――

なんとか回避しなくては――

アイランズの脳裏に巡る反射的な思考。それを、

(ちがう！　ちがうちがうちがう!!)

アイランズは否定した。

決して認めなかった。

(失敗なのではない！　私の計算は間違ってなどいない!!　認めるな！　認めれば……飲み込まれる！　この男の作り出す運命の引力に――ッ!!)

アイランズは奥歯を噛み締《し》め、両の脚に力を込めて踏みとどまる。

心が弱気に流れるのも、あんなありえない幻を見るのも、すべて黒鉄一輝の引力に引きずられてのことだ。

思い出せ。自分が誰なのかを。

(私は、人類を完成させ――神となる男だ!!)

《紅蓮の皇女》という《魔人《デスペラード》》の母体。《暴君》の霊装《デバイス》から作り出した《暴君》の魂の格までも内包した完全な遺伝子。

人を越えた、人の枠をはみ出したこの二人の配合により生み出される、生まれながらに人の枠にとどまらない完全な人類。

その生きた設計図から再現性を確立し、やがては全人類を伐刀者《ブレイザー》に――いや《魔人《デスペラード》》とする。

この神をも超える偉業を成すべく、あらゆる手段を用い、あらゆる困難を越えてきた。

その日々を思いアイランズは、

「ナメるなよガキがァァァアアアァァァアアアッッッ！！！！」

吠《ほ》えた。

凍り付きそうになる血を燃やし、火を吐くような咆哮《ほうこう》を。

その瞬間だった。

刃と刃がぶつかり合う拮抗が、崩れた。

弾かれたのは——黒い刃。

敗れたのは、

「——……ふはっ」

《落第騎士《ワーストワン》》黒鉄一輝のほうだった。

「ハハハッ！　ハハハッハハッ‼」

《陰鉄》をはじき返した《ダーウィン》の刀は、ボロボロになりながらもまだ形状を保っている。

受けは成立した。

つまり、やはりアイランズの予測通り《追影》には至らなかったということだ。

「当然だ！　当然の帰結だ！」

半分も自分の肉体でないのだから。

しかも——《追影》は本来返し技だ。

向かってくる相手に対するカウンターとして用い、交差法の理合いをも組み込んで一撃の威力を底上げしている。

そこまでして完全だ。

だが今回、一輝はステラにもう時間がないという状況から、自ら攻め込んだ。

停止し防御に徹する相手に、踏み込みながら《追影》を放った。

これは《追影》本来の姿ではない。

アイランズの策により、一輝の《追影》は前提から崩されていたのだ。

これでは奇跡には至れない。

（一瞬ひやりとさせられたが、世界は私を選んだのだ‼）

この瞬間、戦いは決した。

《一刀羅刹》は自分のすべてを一撃に込める技。

もはや一輝の身体には何の力も残っておらず、弾かれた《陰鉄》をアイランズの反撃に備えるため引き戻す力すらない。

ぐらりと刀の重さに振り回されるように体勢を崩し、無防備となる。

反撃の《雷光》で易々と首を刎ねられる。

アイランズはこの瞬間に自らの勝利を確信して、

「これで終わりだ！　第七秘剣《雷こ――――、ッ⁉」

直後。自らの胸の奥深くに、なにか冷たい感触が滑り込んできた感覚を覚えた。

（…………？）

冷たい違和感にアイランズは視線を自分の胸元《むなもと》に落とす。

そんなアイランズに、一輝は呆れたような口調で言う。

「……確かに、その肉体も技も、僕が目指す遥か先にあるものだ。それは認める。でも、それでもだ。アンタは未来の僕じゃない。僕の完成形なんかじゃない。だって……アンタは誰一人信じていないから。味方も、敵も、誰一人自分と並び立つなんて思っていない。すべてを見下している。だから簡単に見誤る。この場に居る最も警戒しなければいけない相手の強さを」

その言葉の意味するところを、アイランズは下ろした視線の先に見た。

《陰鉄》が弾かれた衝撃で後ろへと崩れた一輝の右半身。入れ替わるように、前へ出た左肩。そこから伸びる腕が小太刀をアイランズの胸骨の間から心臓に突き立てていたのだ。

その小太刀は、

（これは、《深海の魔女《ローレライ》》ッ⁉）

気付いたときにはもう遅かった。

珠雫は一輝との合一を解除。

自分の身体をアイランズに叩きつけるよう体当たりし、霊装《デバイス》《宵時雨《よいしぐれ》》を深々とアイランズの胸に押し込む。

「《大　教　授《グランドプロフェッサー》》。貴方は私の地雷を三つ踏んづけたわ。一つは私の友人を傷つけたこと。一つはこの私をお兄様の足枷《あしかせ》と決めつけたことッ！　だけど……！　一番許せないのは、その醜い姿と性根で私のお兄様を貶《おとし》めたこと！　お前生きて帰れると思うんじゃないわよッッ!!」

そして怒りのままに、刃に込めた術を放つ。

（マズイ……ッ!!）

これにアイランズはもちろん同じ水使いとしてその術を阻もうとするが、《霊装《デバイス》》とは魔力の結晶体。使用者の魂そのもの。その魔力伝導率は比類なく、さしものアイランズも後出しで防げるようなものではなく、

「《紅色六花《べにいろりっか》》――――――ッッ!!」

珠雫の伐刀絶技《ノウブルアーツ》が、心臓に突き立てられた《宵時雨》から瞬く間にアイランズの全身の血液を凍結。そこから生じた血の氷柱は彼の肉を引き裂き骨を砕き、赤い花の花弁のように全身から突き出て、

「散華ッ！！！！」

反転、珠雫は凍結させたアイランズの血液の一部を気化させる。

瞬間的に膨張した体積はアイランズの内部で水蒸気爆発を生じ、破裂。

彼の肉体から突き出た血の氷柱が四方八方に吹き飛ぶ。

そして吹き飛んだソレはさながら散弾銃の弾丸のように、アイランズの背後にあったステラの囚われたカプセルや、その前で彼女の記憶に干渉し続けていたエイブラハムを貫き、微塵《みじん》に引き裂いて、瓦礫《がれき》と肉塊に変えたのだった。

◆◇◆◇◆

「ステラッッ!!　うぐっ!!」

薬液をまき散らしながら砕け散る巨大なカプセル。

そこから解放されたステラは、浮力という支えを失い地面に崩れ落ちる。

一輝はそれを抱きとめようとするが、流れ出た薬液に足をとられ、一輝自身も地面に顔を打ち付けてしまう。

受け身も取れないほどに、戦闘と《一刀羅刹》の反動で彼の身体もボロボロだったのだ。

しかし、それでも気力を振り絞り、一輝は這《は》うようにステラの下へ向かう。

そして彼女に取り付けられた機材を強引《ごういん》に引きはがし、抱き起こした。

「ステラ！　しっかりするんだ！　ステラ‼」

必死に呼びかける一輝の横から、珠雫は《白衣の騎士》から学んだ伐刀絶技《ノウブルアーツ》《視　診《ドクタースコープ》》で素早くステラの状態を確認する。

「大丈夫。息はしています」

見る限り、脈拍体温共に安定しており、外傷も見られない。

だが問題は、ステラをステラたらしめる人格が彼女の中に残っているのかどうかだ。

戦闘自体は予想より幾分早く片が付いたが、それを確認しないことには勝利とは言えない。

もし……今抱きかかえている彼女が目覚めなかったら。

恐ろしい想像に一輝と珠雫二人の顔に緊張が滲む。

そのときだ。

一輝の腕の中で、ステラが小さく身じろぎをした。

そしてゆっくり目を開いて、緋色《ひいろ》の瞳に一輝を映す。

「あれ……？　イッキ……？」

「ステラ！」

ステラが目を覚ました。

その事実だけで一輝は泣きそうな顔になる。

「ったく、世話が焼ける花嫁だ」
GA文庫
ジーエーえくすぷろ～らぁ
GA EXPLORER
2023年12月
December No.215
イラスト：夕薙
https://ga.sbcr.jp/

一方ステラは泣きそうな一輝の顔や見知らぬ空間を一望して、困惑した顔になる。

「……アタシ、あれ……？　どうしたんだろ……。確かイッキと二人で夕涼みに出ていたら……そうだ、《大　教　授《グランドプロフェッサー》》に襲われて……」

頭に手を当て、記憶を手繰ろうとするステラ。

確かめるように呟《つぶや》くのは、彼女が《大　教　授《グランドプロフェッサー》》に拉致される直前までの状況だ。

少なくとも、記憶や人格が消えてしまっているわけではないことを確認し、一輝は喜びのあまりステラを強く抱きしめた。

「よかった……！　ほんとによかった‼」

「わっ⁉　一輝、一体どうしたの⁉　ていうか血だらけじゃない⁉　ええ⁉　いったい何が……」

「何がも何も、貴女《あなた》が《大　教　授《グランドプロフェッサー》》に攫われたから助けにきたんですよ」

珠雫がステラを咎《とが》めるように言う。

「どうやら間に合ったみたいですね。全く手間をかけさせるんですから」

しかしその声には確かな優しさと安堵が滲んでいた。

「お兄様。嬉しいのはわかりますが、ここは敵の腹の中です。残してきたアリス達も心配ですし、ステラさんの検査もしませんと」

「そ、そうだね！　早くみんなと合流して脱出しよう。立てるかい？　ステラ」

「アタシは平気よ。でもイッキは、その怪我《けが》、大丈夫なの⁉」

「《一刀羅刹》を使っちゃったから正直かなりギリギリだけど、珠雫のおかげで走ることくらいはなんとか。合流さえすれば兄さんがなんとかしてくれる。だから急ごう！」

言って一輝は抱きしめていたステラを離すと、燃料を使いきった身体から気力を振り絞る。

本来ならすぐに昏倒《こんとう》してもおかしくない疲労だったが、それでも一輝が動けたのは、ステラが助かった安堵と喜びが彼の中でエネルギーへと変わったからだろう。

しかし、

(────あれ？)

歓喜に浮足立つ意識の奥。いくつもの負け戦の中、僅かな違和感、僅かな綻びも見逃さず、すべてを勝利に繋げてきた《落第騎士《ワーストワン》》黒鉄一輝の直感──いや危機感が、ほんのわずかな違和感を捉えた。

なにかが、おかしい。

今のステラとのやり取り。何かがズレている。

直感はすぐに一輝の記憶と結びつき、より確かな像を結ぶ。

そうだ。おかしいのは、ステラが語った彼女が意識を失う寸前の状況だ。

確かに自分たちは散歩に出たところを《大教授《グランドプロフェッサー》》に襲われ、ステラは拉致された。

そこは間違っていない。だが、時系列がわずかにおかしい。

ステラが意識を失っただろう瞬間にはまだ……

アイランズはその姿を見せていなかったのではなかったか？


「ステラ――」

しかし疑問は声にならなかった。

その声は、一輝の心臓を貫く黄金の刃――《妃竜の罪剣《レーヴァテイン》》によって遮《さえぎ》られたからだ。

「お、にい、さま？」

兄の胸から生えた血塗《ちまみ》れの剣。

それを背中から突き刺したステラ。

その光景に珠雫は言葉を失う。

瞬間珠雫の脳裏をかすめる最悪の可能性。それは――

「安心した。走ることしか出来ないんじゃ、この状況は打開しようもない」

ステラの口からステラの声で語られた、あの男の言葉で現実であると認めざるを得なくなった。

「アイランズッ!!」

「君たちは万全を尽くし、最善を行使し、最速を実行した。それでもなお……間に合わなかった。現実とは惨《むご》いものだねぇ」

ニタリと一輝の返り血を浴びて嗤うその表情は、間違ってもステラのものではない。ステラの中にいたのは、《紅蓮の皇女》ステラ・ヴァーミリオンではなくなっていたのだ。

◆◇◆◇◆

『…………』

目覚めると、代わり映えしない天井が目に映る。

いつもの天井。いつもの部屋。ステラはその光景に落胆のため息を零す。

もしかしたら、国民を自分の炎で何百人も殺してしまったなんてただの悪い夢で、一度眠ってしまえば目を覚ましたときには全部が消えてなくなっている。

毎夜眠るとき、いつもそんな儚い願いを抱いている。

だが、叶ったことは一度もない。

この７０年、結局いつも同じ天井。何一つ変わらなかった。

あの日から70年、ステラはずっと王城の自分の自室に閉じ込められていた。

今、外はどうなっているのだろう。

父は、母は、姉は、まだ生きているのだろうか。

わからない。この部屋には何も入ってこない。

出入りするメイドも、自分とは一切口を利かない。黙々と職務をこなすだけ。

ステラ・ヴァーミリオンの70年の人生はただただここに在っただけだった。

『…………』

ステラは長い軟禁生活で衰えた枯れ枝のような腕を見て、思う。

(……もうすぐ、死ぬのかしら)

すこしずつ、すこしずつ、その日が近づいているのがわかる。

体が重くなり、目がかすみ、呼吸が深く吸い込めなくなってきている。

だけど、抗《あらが》おうという気にはなれなかった。

抗う意味さえ見いだせなかった。

この世界にただ存るだけの、何も持たない自分には。

むしろ……この長い長い贖罪《しょくざい》からようやく解放されるのかと思うと、死すら待ち遠しく思える。

本当に何も無い、ただただ窓越しに巡る季節と共に過ぎ去っていっただけの人生だった。

最後に楽しいと感じたのは、あの事件の日、劇場で見た白昼夢が最後だ。

もう詳しい内容は思い出せないが……とても楽しい夢だったことは覚えている。

(夢の中のアタシは……皆から慕われていたっけ)

あの炎を自在に操って、とても強い騎士として活躍していた。

そんな自分を皆が慕い、自分もまた皆が好きだった。

そして……たしか……

(そう。もっと強くなるために海を越えて……どこかの国にいったんだっけ。そこで……とても素敵な時間を過ごした気がする)

たくさんの出会いをして、いろいろな体験をして、……誰かに本気の恋をした。

もう顔も名前も思い出せない誰かに。

『…………』

——全部全部、ただの夢だ。現実なんかじゃない。

それを朝目覚めるたびに思い知った70年だった。

でも、もう夢でもいい。

死ぬ前にもう一度、夢でいいから、あの世界に戻りたい。

『帰りたいなぁ……』


『帰してあげよう』

つぶやく声に、応える誰かがいた。

自分以外誰もいないはずの部屋から。

何十年ぶりに聞いた自分以外の声にステラは驚き、閉じかけた瞼《まぶた》を開く。

ベッドの傍らに、一人の青年が立っていた。

『だ、誰……？』

かすれた声で誰何する。

男――どこか懐かしい顔の金髪の青年は、柔和な笑みを浮かべ、答えた。

『君のための魔法使いさ。お姫様《シンデレラ》。私なら君を、その夢をまた見せてあげられる』

どうして自分が考えていたことがわかる。

どうして自分の夢のことを知っている。

そもそも誰なのだ。彼は。

あまりに多くの疑問が押し寄せ、70年代わり映えのしない閉じた日々の中にいたステラの脳はショートして言葉を失う。

そんなステラに青年はゆっくりと手を差し伸べて、こう要求した。

『君の霊装《デバイス》《妃竜の罪剣《レーヴァテイン》》を渡しなさい。それと引き換えに、私が君を素敵な夢の世界に帰してあげよう。君が遠い昔に見ていたあの夢の世界へと』

『…………』

なんとなくわかる。

この青年は、よい存在ではないと。

少なくとも自分の味方などではない。

どこか懐かしい柔和な表情も、ただの仮面だ。

その奥にはきっとおどろおどろしい何かが潜んでいる。

そういう直感がある。

だけど——

あの夢をもう一度見せてくれる。

その言葉が真実であることもまた、同時に直感した。

この青年にはそれが出来ると。

それは……この部屋の中で空虚な70年間を過ごしてきたステラにとって、あまりに魅力的なものだった。

青年が求める代償は、固有霊装《デバイス》《妃竜の罪剣《レーヴァテイン》》。

自分の人生をこんな虚《むな》しいものにした元凶である霊装《デバイス》。

そんな忌むべきものを渡すだけで、また夢を見せてくれるというのなら——

(アタシは……)

◆◇◆◇◆

「ゼッ！　ッ、カアァッ!!　げほっげほっ！……っ、はぁぁぁ～……！」

喉《のど》に詰まった血を吐き出し、刀華は大きく深呼吸した。

隣では王馬が大太刀を杖《つえ》に肩で息をしている。

数的不利の戦い。それも相手は《超人》エイブラハム。

《大教授《グランドプロフェッサー》》の細胞魔術によって作られた人造人間であり純粋な魔人《デスペラード》ではないとはいえ、その戦闘力は並のAランク騎士など相手にならない。

急造チームでは手を焼く相手で、二人の傷は決して浅くなかった。

打撲、裂創、凍傷、熱傷——全身に傷を負い、共に満身創痍である。

(これを一人で100人以上倒し切ったなんて、理事長先生は人間じゃないですね……っ)

酸欠寸前だった全身に酸素を巡らせながら、この世界の上位層に存在する騎士の怪物ぶりに刀華は改めて舌を巻いた。

自分はまだまだ。自分以外の力を頼ってさえこのあり様なのだから。

とはいえ、勝つには勝った。

ならば次の戦いに赴かなくては。

刀華は再び深呼吸し、軋む全身に活を入れる。

ほぼ同時に王馬も息を整え終え、剣に寄りかかっていた体を起こした。

そして周囲に倒れ伏すエイブラハム達を忌々しそうに睥睨しながらつぶやく。

「……ずいぶんと時間をとられたな」

「有栖院さん。傷は大丈夫ですか？」

刀華は足を骨折しながらも二人の支援をし続けたアリスを気遣う。

これにアリスは平気だと頷いた。

「あたしは援護に回っていただけで矢面には立っていないもの。それより急ぎましょう！　先行した二人が心配だわ！」

そう急《せ》かすとアリスは戦闘中跨《また》がっていた黒豹の《鳥獣戯画《シャドウビースト》》に、最奥のラボへ下るよう指示を出す。

これに息を整え終えた刀華と王馬も続く。

一輝たちが先行した道を通り、最下層に下りる。

そして《剣鯨《イッカク》》で破壊した入り口を通り、施設最奥のラボへ乗り込んだ。

そこで三人は――信じられない光景を目にする。

「ステラちゃんッ⁉　あなた、何をしているの……！」

思わず悲鳴のような声を上げるアリス。

三人の目に飛び込んできたのは、もはや廃墟《はいきょ》同様の有様に破壊された研究所の設備群と、砕けた巨大なカプセル。そして――そこに囚われていたステラの《妃竜の罪剣《レーヴァテイン》》に、子供の姿に戻った一輝が刺し貫かれている光景だった。

　この声にステラはアリス達の存在を認識し、感心したような声を上げてみせる。

「ほう。これは驚いた。五体のエイブを同時に相手にして、負傷しつつも全員無事でここまでやってくるとは、流石はオウマ君。そしてあの《大炎《たいえん》》播磨天童《はりまてんどう》を討った騎士だ。《夜叉姫》を動かせない故の学生騎士ばかりの寄せ集め。苦肉の策と思いきや、なかなかどうしてやるものだ。君達を選んだイッキ君もね」

　そう言いながら一輝の胸から剣を引き抜き、彼を雑に蹴り飛ばす。

「ッ————!?」

　間違い無くステラの姿とステラの声。

　だが言っていることも、やっていることも、ステラではありえない。

　この目の前の現実に、一番早く追いついたのは王馬だった。

　彼は状況を理解するや、すぐにステラに向かって駆け出し、一輝の治癒を始めようとする珠雫めがけ振り降ろされる《妃竜の罪剣《レーヴァテイン》》の一撃に割り込んだ。

　そして鍔迫り合いを挟み、ステラを睨《にら》みつける。

「アイランズか。貴様」

「いかにも。この身体にはもう、ステラ君は存在しない。君達は間に合わなかったのだ。今はこうして私が、彼女に移植した《ダーウィン》の細胞を通しコントロールしている。空っぽの肉体をね」

ステラ、いや彼女の肉体を奪ったアイランズはそうせせら笑う。

これに悲鳴に等しい声を上げたのは、胸に致命傷を受けた一輝の治癒をする珠雫だ。

「どうして……！　貴方は確かに私が殺したはずなのに……！」

そう、確実に息の根を止めた。

こいつだけは万に一つも生かしておかないと、確かな方法で。

なのになぜ。

その悲痛な叫びに、アイランズはいよいよ楽しそうに声のトーンを上げた。

「確かに。確かに私の肉体はシズク君に破壊された。イッキ君が言った通り私の油断が招いた、私の失策だったよ。君をただの足手纏いと断じたのは。それは謝罪しようじゃないか。だが下手を打ったのは私だけではなかったということだ。君達は、私の用途に応じて肉体の組成を変化させる能力を知った時点で疑問に思うべきだった。私がいつまでも人間の形をとっているという不合理に」

「っ……!!」

「私には考えるべきことが多い。人類を完成に至らしめるための道筋について、その道筋を歩むための手段について、そしてそれを阻む敵との戦いについて。そのために私はこの世界にいくつもの名と貌を持ち、必要に応じて行使してきた。しかしそれを行うためにはね、普通の人間の脳のサイズでは思考が追いつかないのだ」

「まさか……！」

珠雫の思考はアイランズの言葉から最悪の可能性にたどり着く。

それをアイランズは残酷に肯定した。

「私のオリジナルの肉体は確かに滅ぼされたが、あいにく私の核である脳はとっくの昔に摘出し、アメリカにある私のラボの一つに隠してある。なにぶん必要に応じて一軒家ほどの大きさまで巨大化させてしまったから、とても人の身体には収まらないのでね」

アイランズはその本体から脳波を飛ばし、細胞分裂により増殖させた自らの霊装《デバイス》《ダーウィン》を受容体として、仮初《かりそ》めの肉体を操作していたのだ。

今、同じ方法で中身を抜いたステラの肉体を動かしているのも同じやり方だという。

「そして――この場に私の本体が存在せず、私がステラ君の肉体を力を手に入れた今、君達の盤面はすでに詰んだ。これから何をしようともだ」

断言しながら、アイランズは王馬を蹴り飛ばす。

それから《妃竜の罪剣《レーヴァテイン》》を地面に突き立てた。

「ステラ君は普段『剣』という形にこだわっているが、それはすべて周囲への労わり故だ。彼女が炎を形にして押しとどめる努力を放棄したらどうなると思う？　人間を焼き殺すのに、太陽は必要ない。この場は御覧の通り密閉された空間だ。灼熱《しゃくねつ》の炎は隙間《すきま》なくすべてを飲み込むッ‼」

「「「ッッッ――――――‼」」」

瞬間、珠雫たちはアイランズが何をしようとしているか理解する。

だが理解するも、対応する手段などありはしなかった。

「《暴竜の咆哮《バハムートハウル》》ッ！！！！」

ステラの肉体を中心に、灼熱が光となって迸《ほとばし》る。

狭い地下の密閉空間。逃れるすべなどありはしない。

光熱は何もかもを飲み込み、塵《ちり》も残らぬほど焼き尽くし、上部の廃坑を山脈ごと吹き飛ばして、光の柱となって天の夜雲さえも焼き払ったのだった。

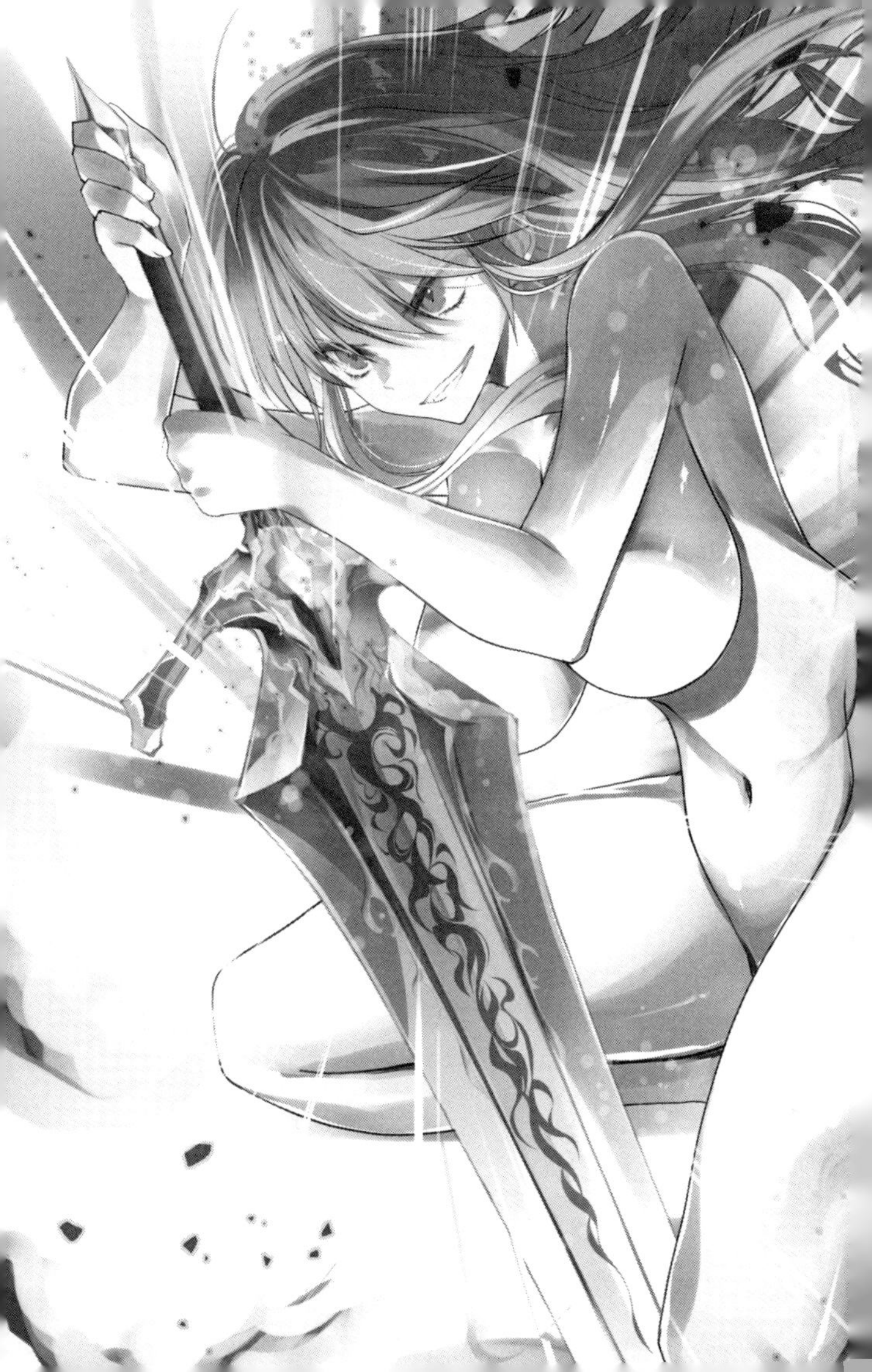

第六章 最愛で最強の好敵手

「……っ、ぁ、…………………ッ!!」

何かが焦《こ》げるような異臭が、鼻を衝く刺激で一輝《いっき》の意識を呼び戻す。

(あれ、僕は……)

突然意識を断ち切られた一輝は混乱する頭を押さえながら目を開ける。

そして目の前の光景に、言葉を失った。

「なんだ、これ……」

目の前に広がっていたのは、赤土の荒野だ。

ところどころで木なのか、人なのか、もはや判別もつかない黒い何かが炎を噴き上げて、深い夜を照らしている。

そんな地獄めいた光景。

「これ、は、——うぐっ!!」

瞬間、一輝の胸に焼き鏝《ごて》を押し当てられたような痛みが生じた。

手を当てると、胸の裂創から零《こぼ》れた血がじっとりと手を濡《ぬ》らす。

その傷を見て一輝の意識は完全に覚醒《かくせい》する。

乱暴に千切られた記憶がつながり、自分が倒れる前に何があったのかを思い出す。

（そうだ。僕はステラに刺されて……！）

直前に気づいた違和感のおかげで、咄嗟《とっさ》に急所を外すことだけは出来たが、すでに疲労困憊《ひろうこんぱい》だった体は限界に達し、意識を失ったのだ。

この地獄はその後に作られたのか。

だとしたら――ステラと珠雫《しずく》はどうなった⁉

一輝は痛む傷にかまうことなく立ち上がり、周囲を改めて注意深く見渡す。

そして自分から10メートルほど離れた場所に倒れ伏す珠雫の姿を見つける。

「珠雫！　珠雫‼　しっかりするんだ‼」

傷口を押さえながら一輝は珠雫のもとへ向かう。

珠雫は全身に火傷《やけど》を負っていた。

今にも止まりそうなほどに小さく息をしているものの、声をかけても反応は無い。

そして、周りを見渡したとき一輝は少し離れた場所にアリスと刀華《とうか》、そして王馬《おうま》も同じように、むき出しの赤土の上に倒れ伏しているのを見つけた。

彼らは生きているのか。この場所からでは確認も出来ない。

（一体何が起きたんだ……っ）

自分たちはアイランズの地下施設に攻め入った。

だが今、その施設は跡形もなく消滅し、広い夜空の下、何も無い荒野が広がっている。

巨大な力が——上の鉱山ごと地下施設を吹き飛ばしたのか。

そんなことが出来るとすれば、

(ステラの力、ステラの炎だけ……——っ!!)

意識が落ちる間際《まぎわ》に見た、自分の胸を貫くステラの表情を思い出し一輝は唇を噛《か》む。

想像もしたくない最悪の可能性が否応《いやおう》なく頭をよぎり、

「ほう。《暴竜の咆哮《バハムートハウル》》の光熱に冷気で抗《あらが》うのではなく、幾層もの泡の層を鎧《よろい》のように纏《まと》わせ、イッキ君の身体だけは守ったか。大した機転だね。——《深海の魔女《ローレライ》》」

現実が、それを突き付けてきた。

後ろから聞こえてきたステラの声に一輝は振り返る。

「ステラ……っ」

そこには彼の愛する少女が、見たことも無い程邪悪な笑みを浮かべて立っていた。

「……そっちに力を割きすぎて自分の守りがおろそかになったようだが。健気《けなげ》で泣かせるじゃないか。なあイッキ君!」

君たちは万全を尽くし、最善を行使し、最速を実行した。それでもなお間に合わなかった。

気を失う直前に聞いた言葉が一輝の脳に反響する。

それは一輝にとってとても受け入れられるものではなかった。

「嘘《うそ》だ……！　ステラ！　正気に戻ってくれッッ!!　ステラァッ!!　っ、ごほっげほっ！」

すがるような声で叫ぶ一輝。

しかし目の前のステラの姿をした『敵』は嘲笑《あざわら》うばかりだ。

「ハハハッ。この期に及んでまだ現実が受け入れられないのかい。君はもっとリアリストだと思っていたが、少しガッカリだな。まあ安心したまえ。ステラ君は死んだわけではない。肉体も魂もここにある。ただ……ステラ・ヴァーミリオンという人格が消滅しただけだ」

「ッ――――!?」

「人格とは過去の経験が構築する。私はエイブの《精神操作《マインドコントロール》》により、彼女の記憶・経験に干渉しそれを削《そ》ぎ落とした。わかるかね？　覚えていないのではない。このステラ君はそもそも君たちと出会ってなどいないのだ」

「っ、そんな馬鹿《ばか》なことがあるもんか!!　ステラ！　しっかりするんだ!!　君はそんな男にいいように操《あやつ》られるほど物わかりのいい女の子じゃなかったはずだろ!!」

その一輝の叱咤《しった》を聞いたアイランズは、殊更面白《おもしろ》そうに肩を揺らす。

「そうだねぇ。確かにイッキ君の言う通り物わかりは悪かった。薬物を投与され、酸素を遮断され、ろくに思考も出来ないような状態でも随分と《精神操作《マインドコントロール》》に対して抵抗していたなぁ。しかし――あの装置に取り付けた人間の意識はこちらの思うがままだ。感覚も、経験も、そして時間さえも」

「……じ、時間？」

「そうとも。君もとても一夜の間に見ていたとは思えないくらい長い夢を見たことくらいあるだろう。それと同じ。君たちが助けに来て、私と戦っている間、ステラ君はあのカプセルの中で……七十年の人生を生きた」

「っ‼」

「誰《だれ》にも肯定されることなく、ただ自分の部屋に閉じ込められて過ごす七十年。いくつ夜を超えても同じ天井《てんじょう》。誰もいない部屋。そんな長い時間の中で、七十年前に夢となったもう記憶もおぼろな現実を信じ続けられると思うのかい？」

アイランズが語るステラに対する仕打ちに、一輝の顔から血の気が失《う》せる。

それは想像しただけでも恐ろしい、どんな拷問よりも残酷なものだ。

自分たちが助けに来るまでの数時間の間にそんなことが行われていたなんて。

一輝はむざむざとステラを攫《さら》われてしまった自分の落ち度に、怒りで気がどうにかなりそうになりながらも、必死に声を上げる。

「ステラ‼　げほっ！　聞こえるかステラ！　負けるな‼　こんな奴《やつ》の見せる悪夢なんかに

負けるんじゃない!!　僕たちの戦いも、過ごした時間も、夢なんかじゃないんだ!!　ステラァァァ────ッッ!!」

口と胸の傷から血を零《こぼ》しながら呼びかける。

だがステラの表情はそれに嘲り以外で応《こた》えることはなく──

「言葉で納得が出来なくとも、現実は変わらない。それを突き付けてあげようか」

「ぐあっ！」

叫ぶ一輝をアイランズは乱暴に蹴《け》り飛ばした。

小さくなった一輝はまるでサッカーボールのように数メートル軽々と転がる。

「君の妹はまだかすかに息があるな。私はこう見えて根に持つ性格でねぇ。オリジナルの肉体を破壊されたことにはプライドをかなり傷つけられた。そのお礼はきっちり済ませておかなければ目覚めが悪い」

そう言うとアイランズは剣を──ステラの霊装《デバイス》《妃竜の罪剣《レーヴァテイン》》を振り上げる。

その刃で、昏倒《こんとう》する珠雫の首を跳ね飛ばすために。

「ストレスは思考を鈍らせる。なるべく排除しなくては、ね」

そして刃が振り下ろされる。

一切《いっさい》の躊躇《ためら》いなく、そうするのが当然であるかのように。

ステラの魂の刃が、珠雫の首めがけて。

「やめろオオオッ!!　ステラァァァ――――――ッッ!!」

いくら叫べど声は届かない。刃は止まらない。

数秒後、《妃竜の罪剣《レーヴァテイン》》の金色の刀身が珠雫の首と胴を分かつ。

ありえない光景だ。彼女がステラ・ヴァーミリオンならば、決して。

故にこの有様、この行いこそが、目の前に居るソレが、もはや一輝が愛した少女ではないという何よりの証左だった。

揺るがし難《がた》い現実だった。

ここで目をつむり、すべてを拒絶出来たらどれだけ救われるだろうか。

どれだけ楽だろうか。

だけど――――それは出来なかった。

黒鉄《くろがね》一輝という人間にとってそれだけは決して出来ないことだった。

――目を開けろ。剣を握れ。

痛む胸の傷の奥深く。心の臓よりもさらに奥。

黒鉄一輝という『個』の深奥から、彼の自己《アイデンティティ》が語り掛ける。

――お前は、すべてわかっているはずだ。

目の前にいるステラの形をした人間が、もうステラではないことも。

もはや自分の声は、彼女に届かないということも。

そして……彼女のすぐ傍にいながら、彼女を守れなかった間抜けな自分がなすべきことも。

なぜなら、黒鉄一輝は誰よりもステラ・ヴァーミリオンを知っているのだから。

彼女がどういう少女で、何を愛し、何を慈しんでいたかを。


『ヴァーミリオンから飛び出して、こんなに自分が成長できるなんて思ってもみなかった。それに、こんなに大好きな人が出来るなんてことも』


そう言って破軍《はぐん》学園の校舎を見つめたステラの瞳《ひとみ》を覚えている。

そこに湛《たた》えられた、溢《あふ》れんばかりの愛《いと》おしさを。

大好きな人。

あの言葉は、決して自分だけに対して投げかけられたものではなかった。

彼女は日本に来てからの日々を、過ごした時間を、刃を交えた好敵手たちを、——自分を強くしてくれたすべてを愛していたのだ。

でも今、そんな彼女の手で、彼女の慈しんだものが傷つけられようとしている。

取り返しのつかない形で壊されようとしている。

それだけは――――

そんなことだけは――――

絶対にやらせるわけにはいかないんだッ！！！

「ウオオォオォォオオォオォォ――――ツッツ！！！！」

「――――!!」

瞬間、珠雫の首に振り下ろされんとした刃が止まった。

血を吐くような咆哮《ほうこう》を上げながら珠雫とアイランズの間に割り込んだ一輝が、《陰鉄《いんてつ》》で受け止めたからだ。

これにアイランズは目を丸くした。

「ほう。そんな体でまだ動けるのか。呆《あき》れたしぶとさだ。だが無意味だねぇ。そんな不完全な肉体で何が出来る?」

「ごぼっ……！」

「ハハハハッ。せっかく妹が繕ってくれた胸の傷から臓物が零れ落ちてきそうだぞ? 全く愚かしい。大人しく自分の無力さに打ちのめされていれば、楽に死ねたものを」

嘲りながらアイランズは《妃竜の罪剣《レーヴァテイン》》を押し込む手にわずかに力を込める。

ほんの僅か。それだけで小さな一輝の骨格は悲鳴を上げ、軽々と押し込まれていく。柄と切っ先を握り両手で《陰鉄》を支えても、わずかに押し返すことも出来ない。

無力。

なんて無力なのだろう。

ただただ剣に生きてきたというのに、大切な人ひとり守れない。

黒鉄一輝という男の人生はなんて無力で無価値なのだろう。

本当に、いっそアイランズの言う通り自らの無力さに打ちのめされ、すべてに目を閉ざせれば、そこで終わりに出来たのに。今から自分が行おうとしていることに伴う、身を引き裂くような苦痛を味わうこともなかったのに。

だけど、それでも黒鉄一輝はステラを愛しているから……！　誰よりも想《おも》っているから、だから、彼女が好きだったものだけは守らなくてはいけないのだ。

たとえ自分自身の手で、ステラを殺すことになったとしても——!!

——だが、

「ッ、ォォォオォオ……ッ!!」

そのためには、無力なままでは駄目だ。

今までのように、今日という日一日の自分自身を振り絞るだけでは足りない。

ある残りカスにも満たない力では、到底アイランズの凶行を止められない。

ステラの愛した人たちを守れない。

ならばどうする。

決まっている。

先だ。

黒鉄一輝という騎士がこの先歩むはずだった時間。

そこにあった可能性の何もかもを、この一瞬に投げうつ。

もう二度と剣が振るえなくなってもいい。

もう二度と戦えなくなってもいい。

もう二度と――人間に戻れなくなってもかまわない。

未来なんていらない。

ステラのいない未来なんて、惜しいとさえも思えない。

「アアアァアアアアアァアアアアアアアアアアアアアアアアアアアアアアアアアアアアアアアアアアアアアッッッ！！！！」

「ッッ―――、この魔力は⁉」

だから、すべて使う。

文字通りの意味ですべて。

今日一日だけではない。

黒鉄一輝という人間の過去と、現在と、未来――その何もかもを。

何もかもをこの一瞬に賭《と》して、

「僕の最強で、君の愛したものを守り抜くッ!!」

◆◇◆◇◆

突然、青色の魔力光が小さな一輝の身体から噴き上がる。

すでに《一刀羅刹《いっとうらせつ》》を使用し、魔力など残っているはずもない肉体から。

(魔力の絶対量が上昇した!)

魔力とは伐刀者《ブレイザー》がこの世界に与える影響力の総量――つまりは生まれ持った『運命』により決まるとされている。

故に、生涯その総量が変わることはないと。

だが『運命』の限界を超え、あるべき道を踏み外してまで自己を貫いた者は、その呪縛から放たれ、魔力の総量が増幅する。

それを《覚醒《ブルートソウル》》と呼び、《覚醒《ブルートソウル》》を経た伐刀者《ブレイザー》を《魔人《デスペラード》》と呼ぶ。

一輝はすでに《七星剣武祭《しちせいけんぶさい》》においてこの《覚醒《ブルートソウル》》を経ており、魔力量そのものが上がることは初めてではない。

しかし、今回の変化は魔力量のみにとどまらなかった。

それはすぐに目に見える形で現れる。

一輝の髪の毛が白く変色し、眼球は黒く濁り、虹彩《こうさい》は夜天に浮かぶ月のような黄金に。口の端からは牙《きば》が覗《のぞ》き、額からは皮膚を突き破り前髪をかき分け骨のようなものが隆起。その姿、その有様はもはや人間のものではなく――

「《覚醒超過》……！　今ここでか‼」

《覚醒《ブルートソウル》》により人ならざる魂を得た伐刀者《ブレイザー》が、その異形の魂に引きずられ肉体までも人間性を喪失する反動現象。それはその人間の理性を大きく欠損させる代わりに、超人的な戦闘力を使用者に与える。

伝承に残る鬼としか形容出来ない異形となった一輝は、牙を剝《む》き出しに咆《ほ》えた。

「ウ　ォォォォオォオオオォァアァァアァアアアアアアアアッッッ――！！！！」

だが――

「ハ、ハ、ソレが出来るのはこちらも同じことだァッ‼」

瞬間、同じような変化がステラ側にも生じる。

全身から噴き上がった火炎がステラを包むや、炎のベールの中で彼女の肉体が変質。

巨大な二本の角と一対の翼、太い尻尾《しっぽ》、あさ黒い肌に焼けた鉄のような輝きが四肢に刻む鱗片《りんぺん》模様。《傀儡王《かいらいおう》》戦の最後に見せた、ステラ・ヴァーミリオンの《覚醒超過》状態だ。

ステラは強靭《きょうじん》な精神力で《覚醒超過》の本来は制御出来ない凶暴性をコントロールし、自らの手札として確立した。

ステラの脳を掌握した今、その使用権限はアイランズにある。

一輝の変質に応じアイランズは即座にその最強のカードを切り、状況に対応。

そのまま一輝を彼が庇《かば》う珠雫ごと両断すべく力を込める。

しかし——

（お、押し斬れない……ッッ⁉）

《覚醒超過》の力を以《もっ》てしても、《妃竜の罪剣《レーヴァテイン》》がピクリとも動かない。

黒い刃と黄金の刃の拮抗《きっこう》は維持される。

いや、それどころか、

（押し返されている……だとッ）

少しずつではあるが、《妃竜の罪剣《レーヴァテイン》》が押し返されつつある。

その現実にアイランズは混乱した。

同じ《覚醒超過》状態ならば、元のスペックに優れている《紅蓮《ぐれん》の皇女》に分があるはず。

刃を交差させての競り合いという、一輝が得意とする技が介在しない体勢ならばなおのこと。

しかも一輝は今、本来の肉体の半分が欠損した状態だ。

この競り合いに負ける要素はない。

なのに何故《なぜ》。

その疑問の解をアイランズはすぐに見つけた。

交差した刃の先にいる黒鉄一輝の身体が、急激に元の年齢の身体へと成長しているのを目《ま》の当《あ》たりにしたからだ。

珠雫は今意識を失っている。彼の傷を癒《い》やすことも、自らの体細胞で彼を繕うことも出来ない。

今一輝の身体を成長させて、負傷を癒やしているのは一輝自身の力。

（《身体能力強化》か!!）

黒鉄一輝本来の能力は《身体能力強化》。

彼は今、その能力をエーデルベルクでの修行で獲得した精密な魔力コントロールを以て、筋肉ではなくより小さな自らの体細胞に干渉。《覚醒超過》により増幅した魔力を燃料に、細胞の代謝そのものを強化することで急激な成長を促しているのだ。

限りある細胞分裂の回数を瞬間的に消化して。

今この瞬間を戦うために、あるべき未来を先取りし、命を消費する。

その力は凄《すさ》まじく、ついには竜の膂力《りょりょく》さえも押し返した。

《妃竜の罪剣《レーヴァテイン》》が弾かれ、アイランズの方が大きくのけぞる。

「くっ！」

アイランズはすぐに立て直そうとする、が——それを許す一輝ではない。

「《一刀修羅《いっとうしゅら》》」

これ以上の成長が不要となり、一輝が全《すべ》ての魔力を攻撃に転じたその刹那、アイランズの身に不可解な現象が生じた。

(なん、だ……ッ!?　これは)

突然ステラの瞳で見る世界から、色彩と音が消え去ったのだ。

すべてが白黒のモノトーンとなり風の音さえも聞こえなくなる。

何が起きたのか理解が追い付かず、アイランズはひどく混乱した。

一輝の能力はあくまで自分に対して干渉するもの。

相手の身に影響を及ぼすものではない。

ではこの異常は一体なんなのか。

しかし状況はアイランズの混乱もお構いなしに進行する。

大きくのけ反り数歩後退したアイランズに追撃すべく踏み込んでくる。

今はこの不可解な現象に答えを出すよりも、身を守ることが先決だ。

アイランズは一度疑問を頭の隅に追いやり、追撃を防ぐべく《妃竜の罪剣《レーヴァテイン》》を構え、構えようとして——異変が起きているのが目に映る世界だけでないことに気付いた。

(体が——……!)

動かないのだ。

指の一本さえピクリとも。

まるで一輝ただ一人だけを除いて、世界の時間ごと止まってしまったように。

（まさか――）

体が動かない。その事象を認めたとき、アイランズは今起きている不可解な現象に一つの仮説を思いつく。

自らの考えが正しいのか否《いな》か、確認すべく一輝の足元に視線をやるアイランズ。

そして彼は自らの仮説を肯定する現象を目にした。

踏み込む一輝の身体と、周囲の炎が荒野に映し出した一輝の影が、別たれているのだ。

一輝だけが動く静止した世界の中、彼の影さえもその動きに置き去りにされている。

これは一輝の切り札《追影《おいかげ》》がもたらす過程と、結果が逆転する現象によって生じる世界の歪《ゆが》みそのもの。

万象が黒鉄一輝という無二の結果を追いかける影でしかなくなる瞬間に可視化される現象だ。

その現象が、ただ敵に踏み込むという当たり前の行動で生じている。すなわち、

（戦う動作のすべてが、《追影》となっているのか!!）

もはや伐刀術の理合いも、交差法という状況さえも必要としない。

ただただ普通に剣を振るうだけで世界を思うままに書き換える。

《覚醒超過》による人間性と未来を引き換えにした急成長は、そういう『絶対斬殺権』を世界に許容させるほどに黒鉄一輝の因果に対する『引力』を高めたのだ。

故に彼が『斬る』と決めた今、アイランズの目に映る世界のすべては『斬った』という結果に向かって彼を追いかける影であり、その収束を阻むことはできない。

この瞬間、アイランズは自らの失敗を痛感した。

嗜虐心のままに敵を追い詰めすぎてしまった。

もっと早くこの男を殺していればと。

しかしすべては後の祭りだ。

モノトーンの世界で一際《ひときわ》濃く昏《くら》く見える黒い刃は、吸い込まれるようにアイランズの首筋へ向かう。

いかに竜の生命力といっても首を断たれては生きてはいられない。

アイランズにはもはやそれを止める手段はない。

遠い米国からステラの肉体を操っているだけの、一切のリスクを負わない男がどうしてこの先の未来すべてをも賭して戦おうとする騎士の決意を圧倒できるだろうか。

この領域、この瞬間に割り込めるとしたら、それは――

一輝と同じく、剣のみで己《おのれ》の運命を斬り伏せてきた者だけだ。

「これが今の貴方《あなた》の『最強』ですか」


直後、漆黒の刃は竜の首に届く寸前に、白銀の刃によって阻まれる。

夜天より飛来したのは一対の翼にも似た剣を持つ剣士。

その者は人の姿を失った一輝に対し落胆を告げた。

「呆れた。少し見ない間に随分と弱くなりましたね。イッキ」

一輝の刃を防ぎ、捻じ曲げられた因果を断ち切ったのは、世界最強の剣士《比翼》のエーデルワイスその人であった。

◆◇◆◇◆

時間は少し前に遡る。

黒鉄厳《いつき》とシリウス・ヴァーミリオンの電話会談が行われていた連盟日本支部の司令部。

そこに《連盟本部副長官》である《翼の宰相》ノーマン・クリードが自身の伐刀絶技《ノウブルアーツ》《蒼天《そうてん》の扉》にて転移してきた。

ある人物を連れて。

その人物の姿にシリウスはもちろん、鉄仮面と呼ばれるほど感情の揺らぎを表情に見せない厳も目を見開いた。

「なぜ貴女《あなた》が《翼の宰相》と共にいるのだ。《比翼》のエーデルワイス」

なぜならノーマンが連れていたが、《連盟》《同盟》双方にとっての天敵と呼べる人物だったからだ。

「彼女が重傷を負った《闘神》ナンゴウ氏を連盟本部施設へ連れてきてくれたのだ。どうやらツキカゲ総理を君の息子に預け、単身殿《しんがり》を務めた彼に合流し共闘したらしい」

「別に《連盟》に組したわけではありません。成り行き上そうなっただけです。私は《連盟》にも《同盟》にも属さない。私は私の正義でしか動きません。かつて貴方がたと戦ったときと同じように」

斬るような口調で告げるエーデルワイス。

そこにはかつてエーデルベルクで一輝たちと接していたときのような穏やかさはない。

しかしそれも当然のこと。

《連盟》と《同盟》は彼女の故郷を勝手に戦争の舞台とした。

どちらの勢力にも属していなかった彼女の故郷を奪い合い、そこで勝手な戦争を始めた。

それを単身止めたのが、世界最強の剣士の始まりなのだから。

以来彼女は二大勢力が作り上げた法という枠組みに囚《とら》われない自由な剣《正義》として《連盟》と《同盟》の間に在り続け、かつての故郷のように彼らの間で擦《す》り潰《つぶ》されそうになっている人々を救ってきた。

そういう経緯もあって、彼女は決して厳達《連盟》の人間に好意的な感情を持ってはいない。

だが――

「ですが今回の事態に限り、私と貴方がたは同じ正義を持ちえる。そう確信しています」

今回の事態。

それが米軍の侵略からステラの拉致に至る一連の騒動を指すことを、わざわざ説明されなければならないほど厳の察しは悪くない。

彼女がどういう腹積もりなのか厳には知る由もないが、ノーマンを伴いこの場に現れたことが、彼女の意志をすでに連盟本部の最高責任者である本部長《白髭公》が承認していることを示している。

だから厳は促した。

「詳しく、聞かせてもらいたい」

これにエーデルワイスは頷《うなず》く。

「私は以前から《大　教　授《グランドプロフェッサー》》の動きに疑問を持ち、目を光らせていました。彼の行動にはかつての世界大戦の再現をしないための《解放軍《リベリオン》》という必要悪を維持する以上の目的があるように思えたからです。そして案の定、彼は《傀儡王》が《解放軍《リベリオン》》を壊滅させたことに乗じて大きく動き出しました。おかげでずっと摑《つか》めなかった尻尾を摑むことも出来ましたが、こちらの動きも《大教授《グランドプロフェッサー》》にばれていた様で後手を踏むことになってしまいました」

結果《同盟》の暴走を許し、ステラさんが攫《さら》われるまで事態が悪化してしまった。

そうエーデルワイスは不甲斐《ふがい》なさそうに言う。

「状況がいかに逼迫《ひっぱく》しているかは先ほどのヴァーミリオン国王との会話で凡そ理解しました。いかにオウマ達が優れた騎士とはいえ、《大教授《グランドプロフェッサー》》は危険な相手です。《連盟》の総意をまとめてから増援を派遣するような悠長なやり方では手遅れになりかねない」

ならばとるべき手段は一つと、エーデルワイスは言う。

「増援には私が向かいます」

その言葉を聞いて、厳の中で凡その事象が繋《つな》がった。

《白髭公》は《連盟》を動かさず事態の収拾を図るつもりなのだ。

ステラ救出の議題は間違い無く《連盟》内でも賛否が分かれる。

厳が考えていた国債を用いた脅迫じみた説得などはまさにその火種だ。

それは国家間での軋轢《あつれき》となり、《連盟》内に亀裂を生じさせかねない。

彼は《解放軍《リベリオン》》という存在に関する罪を《連盟》のみに擦《なす》り付《つ》け、戦端を開いた《同盟》とのにらみ合いが激化するであろう今後を見据え、それを嫌ったのだろう。

そのために《翼の宰相》に彼女を日本に連れてこさせた。

「もし貴方がたがくだらない面子《めんつ》や過去の因縁に囚われ私を阻もうとするなら、この剣で押し通るだけですが」

「今の我々に貴女を止める力などない。……なにより」

むしろ願ってもないことだ。

彼女ならば何のしがらみもなく、即座に行動が出来る。

彼女を犯罪者として扱っている《連盟》が、彼女の正義を利用する。それはまったく情けなくはあるが、今優先すべきは先行した学生騎士たちへの増援だ。

今更厳も面子をどうこう言うつもりは無い。

「……感謝します」

対し、エーデルワイスは感謝は必要ないと言う。

「これは私の正義にも基づくことですから。《連盟》と《同盟》の《解放軍《リベリオン》》を必要悪とするやり方には思うところはありますが、それ以上に個人の武で救えるものの少なさも私は痛感しています」

《解放軍《リベリオン》》はかつての世界大戦のきっかけを作った《暴君》を盟主とする、能力者優等主義を基幹とするテロ組織だったが、大戦後は風祭《かざまつり》をはじめとする世界的な財閥が資金面からこれを支配。大多数の構成員に《暴君》の死亡を秘匿《ひとく》しつつ、《連盟》《同盟》双方の再びの全面衝突を避けるバランサーとして操ってきた。

その過去を口実に今回の戦端が開かれたのは事実だが、世界大戦後の復興を行うためには、三竦《すく》みの構造も、《解放軍《リベリオン》》という世界の悪をまとめる器も、共に必要なものであった。もしこれが存在しなければ、《解放軍《リベリオン》》に属していた悪は世界中に無秩序に散らばり、より大きな混沌《こんとん》を世界にもたらしていたことは疑いようがない。戦後復興は一世紀以上遅れていたことだろう。

エーデルワイス自身必要とあれば《解放軍《リベリオン》》と歩調を合わせていたのは、この功罪を認めていたからに他ならない。しかし、

「ですが、足の骨を折ってもいつまでも松葉杖は使いません。そろそろ手放してもいいころなのではないでしょうか」

最後にそう付け加え、エーデルワイスは一対の剣《テスタメント》を顕現させる。

話すべきことは話した。あとは行動を起こすだけだと。

そう態度で語るエーデルワイスに、

『クレーデルランドの一件といい、今回といい、アンタには娘が世話になりっぱなしじゃ。近いうちにちゃんと礼をさせて欲しい』

モニター越しにシリウスは深々と頭を下げて感謝した。

この連盟所属国の王ではなく、一人の父親としての言葉に、エーデルワイスはこの場に来て初めて穏やかな笑顔を見せ、言った。

「私も好きなんですよ。あの子たちのことが」

一輝とアイランズの間に割り込み、一対の双剣にて二人の剣撃を受け止めた者の姿に、二人は共に目を見開く。

「お、お前は……！」

「エーデルワイス、さん……、どうしてここに……」

なぜ彼女がここに居るのか。なぜアイランズと自分の戦いに割り込むのか。

無数の不理解が思考を掠《かす》めるが、一輝はその疑問をすぐ振り払った。

エーデルワイスがここに居る理由など、今の自分にはどうでもいい。

ただ一つ、ステラの愛した者を守る。それ以外のことはもう、何もかもが黒鉄一輝にとってはどうでもいいことなのだから。

「どいてください……！　これは僕が、やらなければいけないことなんだ!!」

だから一輝はエーデルワイスを押しのけるべく剣に力を込める。

一方アイランズもこの乱入者を竜の膂力を以て突き飛ばさんとする。

しかし、

「ぐっ、ぬ……！」

二人が込めた力はエーデルワイスの剣を伝い循環し、双方を抑え込む力となって返される。

そうして鍔迫《つばぜ》り合いの状態で身動きを制限された一輝の姿を、エーデルワイスは落胆を隠さない表情で睥睨《へいげい》した。

「本当に弱くなった。……エーデルベルクで剣を交えたときのことを覚えていますか？　あのとき貴方は、ステラさんを助けるためシャオリーを止めようとした私を阻みましたね。あのときの貴方は絶望的な状況でもステラさんの強さを信じていた」

「っ……！」

「暁学園のグラウンドで最初に相対した時もそうでした。貴方は最後まで私の剣に向かってきた。自暴自棄ではない。より良い明日に至るために、恐怖と困難に向かって踏み込んだ。その踏み込みの深さが、私の剣を圧した」

「っ……それは」

「どんな時でも明日を諦《あきら》めず、前へ。今日のために明日を捨てるのではない。明日のために今日を死に物狂いで生きる。そんな勇気。それこそが私が認めた貴方の強さだった。それが――なんですかその醜い姿は」

「っ～～～～……！」

エーデルワイスの責めるような口調に、一輝は苛立《いらだ》ちを露わにする。

エーデルワイスは状況を理解できていない。

エーデルベルクで自分がステラを信じたのは、ステラがステラとして戦っていたからだ。

だから自分も腹をくくった。

彼女が彼女として進む限り、その行く手を阻むことはしないと。

だけど今回は違う。

自分が止めなければ珠雫の首は刎《は》ねられていた。

離れた場所に倒れている王馬達も、生きているのかさえ怪しい。

こんな状況になってしまっていること自体が、ステラがステラでなくなってしまっている証拠に他ならない。

「僕だって、望んでこんなことをしているわけが……！」

「……少し頭を冷やしなさい」

反論はエーデルワイスの一太刀により阻まれた。

拮抗を破る一閃《いっせん》は《覚醒超過》による肉体変異で生え出た額の角を根元から斬り飛ばす。

「ぐあっ！」

額から鮮血を散らしながら一輝は後ろに後ずさる。

視界の半分が血のカーテンに覆《おお》われ、視界が利《き》きにくくなる。

だがそんなことで怯《ひる》んでいる場合ではない。

一輝はすぐに刀を構えなおし、自分とステラの間を隔てるように立つエーデルワイスに挑もうとする。が――そんな一輝を罵るのはエーデルワイスだけではなかった。

「……《比翼》の、言う通り、だ……ッ」

「兄さん！」

絞り出すような声で言葉を紡《つむ》ぐのは、全身にもはや自力治癒が望めないほどのひどい火傷を負いながらも、《龍爪《リュウヅメ》》を杖《つえ》に立ち上がった黒鉄王馬だ。

王馬は上皮が炭となった顔の皮膚がひび割れるのも構わずに怒りの表情を浮かべ、

「おまえは、言っていた、だろう……ッ。自分の剣は、強くなるための剣じゃない。勝つための剣だと……ッ。相手が自分より強くても必ず勝つ。それが黒鉄一輝の『最弱《さいきょう》』なのだと……！」

《七星剣武祭》決勝の前に一輝が王馬へ言った言葉を用い、叱責する。

「それが、なんだ、その様はッ!!　自分を諦めて、女を諦めて、その先にある明日が貴様の勝利か⁉　この戯《たわ》けッ!!　諦めの悪さが貴様の騎士道だろうが!!」

「っ……！」

「貴様も、珠雫も、オレの後ろに居る二人も、まだ誰も死んではいない……!!　まだ誰一人失われたわけではないッ!!　あとはお前がその女の横面をひっぱたいて目を覚まさせてやればいいだけだ！　仮にもこのオレの弟が、下を向いて戦うなァッ!!」

そして、王馬の他にも――

「大兄様の、言う通りですよ……」

「珠雫!!」

エーデルワイスの一太刀で後退した一輝の足元。

そこに倒れていた珠雫もまた、瀕死《ひんし》の身体を気力で起こし、

「そんな……後ろに向かって進むような戦い方は、私が愛したお兄様らしくないです……。死力を尽くすのは前へ進むため。明日へ向かうため。いつだってお兄様はそうだったはず」

一輝の行動を諫《いさ》めるように彼の裾《すそ》を摑む。さらには、

「大体……あんな男の言葉を真に受けて、どうするんですか。ステラさんは、まだ消えたりしていません……」

珠雫は確信を以て、一輝が自暴自棄になった理由を否定する。

対しアイランズは、刃を溶接でもしたかのように押しても引いても振りほどけないエーデルワイスの剣に抑え込まれながらも、余裕を見せびらかすような笑みを浮かべて、珠雫の言葉を否定する。

「希望的、観測だね。……この肉体はすでに、私のモノだ……！　君たちの負傷が何よりの証拠じゃないか……！」

しかし、

「なら……なぜ、ステラさんの肉体を戦闘に使うなどというリスクを冒しているのですか」

返す言葉で、投げかけられた珠雫の指摘に、見せびらかした笑みは剝《は》がれ落ちた。

「貴方にとって……ステラさんの肉体の確保こそ、最も優先すべき目標なはず。本当にステラさんの人格を完全に消し去れているのなら……、この施設でやるべきことは何も無い……。ステラさんのふりをして保護されていればよかったはずでしょう」

「――――ッ‼」

息も絶え絶えながら鋭い語気で行われる追及。

これに一輝の煮えた脳髄もアイランズの行動の不合理さに気づく。

確かにあのとき、一輝はステラのふりをするアイランズの言動の違和感を見抜いた。

しかし、それを口にする前にアイランズは一輝たちへの奇襲攻撃を行った。

これは彼の目的、つまりステラの肉体の完全な掌握がすでに達せられているのなら、不合理な行動。ステラのフリをしていれば存在しなかった余計なリスクを生む軽率だ。

なにしろ山一つ吹き飛ばすような炎、《紅蓮の皇女》以外には扱えない。こんな特徴的な爪痕《つめあと》を残しては、この破壊を見て集まってくるだろう国内の戦力を欺くのが難しくなる。

なのにアイランズは動いた。一体なぜ。決まっている。そうしなければならない理由が彼に在ったからだ。つまりは、

「ステラさんは、まだ其処《そこ》にいる！　私たちの声は、まだ届く……ッ！　だから消そうとしたんでしょう……！」

ならば自分たちはまだ負けていない。

珠雫はそう言うと、半身をどうにか起こして、火傷だらけの手を一輝に伸ばした。

「お兄様、手を……！　私に残った最後の魔力……、それでお兄様とステラさんを合一させます。外から声が届かないなら、中からです。あの人を……連れ戻してきてください。私にとっても、大切な友達ですから」

本人には決して言わないだろう、ステラに対する深い親愛を言葉にして、珠雫は一輝に自分の手を取るように求める。

その瞳に燃える強い意志の輝きに、一輝は己を恥じずにはいられなかった。

「――――」

珠雫も王馬も、まるで諦めていない。

二人とも自分や他の者を守ったために大きな負傷をしているにもかかわらず、全員で帰るという勝利への道を真っすぐに見つめている。

だというのに自分はどうだ。

ステラの剣でステラの愛した人たちを傷つけさせまいと、それが出来るのは自分だけだからと、軽率な悲壮感に酔い、勝手に勝利を見限った。

……自分一人が、命を懸けているつもりか。

違う。この場に居る全員が、ステラのために命懸けで戦っている。

そのためにやってきたのだ。

みんなステラが好きだから。

この戦いを自分一人で見限るなんて、何様のつもりだ。自惚《うぬぼ》れも甚だしい。

「……ありがとう！」

今日この場に皆が集まったのは、全員の騎士道がこの場所に続いていたからだ。ならばそれを守るだなんて自惚れは捨てよう。皆と共に轡《くつわ》を並べ前へ進もう。たとえこの先何を失うことになっても、

「もう、諦めの方向には進まない！」

一輝は覚悟を新たに、珠雫の手を握り返す。

「絶対に、ステラを連れて戻ってくる‼」

瞬間、一輝の身体が青色の光の粒となって、珠雫の身体に吸い込まれる。

そして珠雫は《青色世界》により取り込んだ一輝の体細胞で、損傷した自らの傷を取り急ぎ繕い、とりあえずの身動きが出来る状態を確保した。

その後に、アイランズを抑え込むエーデルワイスに問うた。

「……アリスの一件以来ですね。その男を留めてくれているということは、私たちの道を拓《ひら》

いてくれるという認識でかまいませんか」

「私は一人でも多くの命を救うために来ただけです。そのために《紅蓮の皇女》を殺《あや》める必要があれば致し方なしと考えていましたが、……第三者同士の合一。貴女のプランは本当に可能なのですか？」

問うエーデルワイスに珠雫は、自身の手に一輝の霊装《デバイス》《陰鉄》を顕現させつつ即答した。

「その男は生体細胞化した自分の霊装《デバイス》を、ステラさんと生物学的に合一して操っていると言っていました。だったら同じことが私に出来ないはずがありません。お兄様のことも、ステラさんのことも私の方がよく知っているのだから」

兄のことはもちろん、ステラの身体も以前ヴァーミリオン戦役の後に隅々まで調べる機会があった。

珠雫の頭の中にはステラの身体の詳細な設計図がすでにある。

他の者なら無理でも、一輝とステラならば、決して失敗しない。

珠雫の自信はその場の昂《たかぶ》りで口をついたものではない。

確かな情報と経験による確信だ。

それは迷いのない口調からエーデルワイスにも伝わった。

故に――エーデルワイスもまた決断する。

「この場を貴女に託しましょう。ついてきなさい。《深海の魔女《ローレライ》》」

この決断は状況を大きく動かした。

世界最強の剣士の参戦にアイランズは焦燥を露わにする。

「大人しく生き埋めになっていればいいものを……!!」

エーデルワイスが自分を危険視し周囲を嗅ぎまわっていることはアイランズも気付いていた。

彼女はアイランズの本体の隠し場所を探していたのだ。

彼女はどこの組織にも属さず、人間社会に大きな脅威をもたらす存在を討つ自由の剣。そんな存在に命を狙《ねら》われてはたまらない。だからこそアイランズも備えをして、初動でこれを叩《たた》いた。

米軍基地を吹き飛ばし、その瓦礫《がれき》で地下深くに生き埋めにして殺したはずだった。

いかにエーデルワイスが世界最強の剣士と言っても所詮は剣士。強さは対人。

あの崩落から生き延びられるわけがない。そう確信していたのに。

(いったいどうやって……いや!)

しかし疑問をいつまでも引きずる猶予は無い。

珠雫の道を作るべくエーデルワイスの猛攻が始まる。

加速の過程を一切目視させない究極の緩急による双剣の連撃。

急変した状況にアイランズは対応を強いられる。

(落ち着け……!　エイブや私のボディならともかく、この竜の化身の身体なら……!)

十二分に打ち合える。

その判断を、アイランズはすぐに間違いだったと思い知らされる。

「――――」

竜の膂力でエーデルワイスを叩き潰《つぶ》さんとするように剛剣を打ち下ろすアイランズ。

「うおっ⁉」

しかしエーデルワイスの細腕はそれを一刀、つまり片腕で易々《やすやす》と受け止めた。

受け止めた瞬間、エーデルワイスの足元の地面がまるでガラスのようにひび割れる。

(衝力を地面に逃がしたのか……！)

肉体に作用する力に反発せず、足の接地面から地面へ流し、受け流す。

《七星剣武祭》で黒鉄一輝が多用していた技術だ。

それによりアイランズの打ち下ろしを難なく凌《しの》いだエーデルワイスは、即座の反撃に転じる。

渾身《こんしん》の一撃を受けられたアイランズは守勢に回らざるを得ない。

「くぅ！」

雨あられと降《ふ》り注《そそ》ぐ白銀の斬撃。

それを凌ぎながらアイランズはもう一度攻勢に回る機会を探る。

しかし、一歩、また一歩、彼は後ろに押し込まれ、そのチャンスを見つけることが出来ない。

それも当然。本来防御向きのスタイルといわれる二刀流だが、《比翼》の剣は違う。

二刀は本来一刀を『盾』として敵の攻撃に備えるが、エーデルワイスは二刀をどちらも攻めの剣として振るう超攻撃型。見境なく剣を叩きつける。ある意味、野蛮なスタイルと言える。

並の騎士が真似《まね》をすれば正中線ががら空きになり、すぐに命を落とすだろう。

しかし、エーデルワイスは並ではない。

動作によって生じるはずの風鳴りさえ消え去るほど力が集約された斬撃。それを瞬きよりも速く連打する二刀による乱撃は、相手の動作の起こりを潰し、まるで石になったように動けなくするのだ。

守りを捨てているのではなく、敵が動けないほど固めてしまえば守る必要がないという思想。

まさに攻撃こそ最大の防御を体現する攻防一体の乱撃。

それこそがエーデルワイスの剣術。

一度この暴風雨のようなラッシュに巻き込まれたものは、石像が風雨に晒《さら》され朽ちるように、ただ約束された滅びを待つだけとなる。

やれることと言えば、エーデルワイスの刃を受ける覚悟で相打ちを狙う以外に無い。

それはステラという騎士の肉体があれば容易《たやす》いことではある。

竜の代謝により生半可な負傷など瞬時に治癒できるのだから。

しかし、アイランズにそれは選べなかった。

なぜなら今彼が最も警戒すべきは、目の前のエーデルワイスではなく、その背後で《陰鉄》

を構える珠雫のほうだからだ。

（つくづく目障りな小娘だ……！）

――先ほどのステラの人格がまだこの肉体の中にいるという洞察は、正しい。

一輝たちの迅速な救出作戦の決行が、アイランズの野望の成就を寸でのところで防いだ。

今は衰弱したステラの精神に取り入り、人格の支配権を奪い、彼女の肉体に生体的に合一した《ダーウィン》を経由し操っているだけ。原理としては先ほどまで自分の肉体を操作していた方法と変わりない。

《紅蓮の皇女》ステラ・ヴァーミリオンの人格はまだ、この肉体の中に残っている。

アイランズが見せた悪夢により、枯れ木のように朽ちた弱弱しい老婆に成り果ててはいるものの、精神に直接一輝の声を届けられては万が一がありえるかもしれない。

今このエーデルワイスの猛攻に焦り、無理な攻勢に転じ負傷をすれば、その隙を珠雫は必ず狙ってくる。それこそ致命傷だ。

ならばこの状況、いかにするべきか。

アイランズはすぐに剣で相対しようとする考えを改めた。

そもそも別にこの世界最強の剣士を剣で圧倒する必要はない。

剣以外にも《紅蓮の皇女》は多くの効果的な戦闘手段を有している。

《暴竜の咆哮《バハムートハウル》》

隠しラボを上部の鉱山ごと吹き飛ばした伐刀絶技《ノウブルアーツ》。

閉鎖空間ではないぶん先ほどより威力は落ちるが、半死の珠雫たちを殺しきるには十分な力だ。

（広範囲魔法攻撃はその剣二本では防げないだろう！）

アイランズは《暴竜の咆哮《バハムートハウル》》を発動するための一呼吸を稼ぐべく、背に生えた翼で空を、尻尾で地面を叩き、強引《ごういん》に真横へ飛んで距離を稼ぐ。

ただの人間には存在しない部位を用いた、人間ではありえない動き。それは対人を旨とする剣技の死角を突く動きであり、

「シッ!!」

しかしこれにさえもエーデルワイスは対応してみせた。

アイランズが真横に移動するや、それを見越していたように、彼が逃げる先へ双剣の一本を投擲《とうてき》したのだ。

「う――――!?」

間合いを逃れ今度は自分が攻勢に移る番だ。そう確信していたアイランズの虚をつく剣の投擲。アイランズの対応はどうしても雑なものとなった。

ただ体の反射に任せるまま、迫る切っ先を《妃竜の罪剣《レーヴァテイン》》で打ち払う。

そうすることで投擲こそ凌ぐことはできたが、咄嗟の行動には不必要な力や勢いがどうして

も乗ってしまう。結果、剣が正中線から遠くへ泳いでしまい、正面の守りがなくなる。

エーデルワイスの追撃はその間隙を突いた。

残った一刀を横一線。

ステラの両目を斬り裂いて——

「《暴力による征服《スカードオーダー》》」

伐刀絶技《ノウブルアーツ》を発動した。

《テスタメント》は契約を操る概念干渉系の霊装《デバイス》。

その使用方法は大別して二つ。

合意の下に契約を交わすか、斬った相手に不平等条約を押し付けるか。

《暴力による征服《スカードオーダー》》は後者だ。

「動くな《freeze》」

エーデルワイスがそう命じると、アイランズは全身を鉄の鎖で縛りつけられたような圧迫感を覚えた。

斬った相手を征服する、強力な伐刀絶技《ノウブルアーツ》。

だがその支配力は決して抗《あらが》えないものではない。

もう一つの合意の下に契約を交わす《無欠なる宣誓《ルールオブグレイス》》は、相手の命にさえ結びつく拘束力を発揮するが、契約を押し付ける《暴力による征服《スカードオーダー》》の拘束力は相手の精神状態に依存する。

エーデルワイスに恐《おそ》れ戦《おのの》く意志の弱い者や、《超人《ザ・ヒーロー》》のようなそもそも自我を持たない者には効果的に作用するが――

「見くびらないでもらいたいなァ！」

強固な自我を持つ者には効きづらい。

アイランズはすぐに《暴力による征服《スカードオーダー》》の拘束を引き裂いて、竜の治癒力により両目を再生する。その間僅か三秒ほど。

そう。たった三秒とはいえ、アイランズは無防備になった。

それで十分だった。

「まったく、貴女も貴女ですよ。ステラさん……ッ!!　貴女が情けなく体を乗っ取られたりするから、こんな面倒なことになっているんです」

両目を切られ、視覚が途切れた刹那。

ずっとエーデルワイスの背後に控えていた珠雫が前へ出る。

視界を取り戻したアイランズがまず見たものは、もはや回避など出来るはずもないほど至近に迫る《陰鉄》の切っ先だった。

「戻ってきたら顔面にグーくらいは覚悟してもらいますからね！」

《陰鉄》はステラの身体、その胸元《むなもと》に深々と突き刺さるや、光となって弾け、ステラの中へ吸い込まれていく。

珠雫の魔術により、黒鉄一輝の意識がステラの肉体に溶け込んだのだ。

ステラの肉体に不純物が流れ込む。それはアイランズにとって最も避けたかった痛恨の事態。

「っ……この！」

思えば今日、アイランズは珠雫にやられっぱなしだった。

あらゆる局面で《深海の魔女《ローレライ》》黒鉄珠雫が巧みな動きで戦局を動かし、挙句自分のアイデンティティでもあった細胞魔術まで真似てみせた。

こんな自分の四分の一も生きていないような子供が。

それはアイランズのプライドを大きく傷つけた。

「この、ガキィィィイッ!!」

烈火のごとき怒りに任せ、アイランズは目の前の珠雫に剣を振り下ろす。

対する珠雫は、迫る刃を前に薄く笑顔を浮かべるだけで回避行動をとらない。

とれないのだ。

もはや体力も魔力も僅かほども残っていない。

だから珠雫は、まるでステラを許すような優しい表情を浮かべ、焼けた鉄のような黄金の刃を迎える。

ステラが意識を取り戻しこの瞬間を思い出した時、自分を責めないように。

これは自分が選んだ騎士道の至った果てなのだと誇るかのように。

そして振り下ろされた黄金の刃は肉と骨を易々引き裂き、夥《おびただ》しい血しぶきが噴き上がる。

「──────……え？」

空に舞う血しぶきを、珠雫は少し離れた場所から見ていた。

それは彼女の血ではなく、──寸でのところで珠雫を突き飛ばしたエーデルワイスのものだったから。

「……数カ月前、貴女を止める必要も無いと軽視した自分の見る目のなさを恥じます。貴女はこの場に居る者の中で最も賢く勇敢な騎士です。《深海の魔女《ローレライ》》」

エーデルワイスは深く裂け千切れかけた左腕から夥しい血を流している。

珠雫を守ったことが仇《あだ》となり、防御が間に合わなかったのだ。

しかしそれほどの負傷を負いながらも口調は穏やかで、

「抑えるだけなら私一人で十分。そこで休んでいなさい」

地面に倒れた珠雫をアイランズから庇うように、エーデルワイスは無事な右手一本で剣を構える。

この予期せぬ状況の好転にアイランズは歓喜した。

「……っ、ふふ、ハハハッ！　そんなほとんど死にかけのガキを庇って片翼を失うとは、くだらない情に流されて判断を誤ったなァ!!」

あの骨が見えそうなほどに裂けた左腕では到底剣など握れない。

当然攻撃力も攻撃速度も半減。

ならば、これはアイランズにとってまたとない好機。

「喰《く》い散らかせ！　《煉獄竜の大顎《サタンファング》》ッ!!」

アイランズは体に纏う火炎の鎧から七つの竜の首を作り出す。

七本の首による火炎の咬撃《こうげき》。

それをアイランズは、あえてエーデルワイスではなく倒れた珠雫に嗾《けしか》ける。

エーデルワイス自身に仕掛けては回避される可能性が高いが、今のエーデルワイスは明らかにここに居る学生騎士たちを守ろうと立ち回っている。故にこうされると腕一本での迎撃を強いられる。

アイランズの性根の悪さが光る仕掛けは、思惑通りの結果を生んだ。

エーデルワイスは逃げずに七つの首を迎撃。

剣一本を巧みに操り、竜の首を切り落とし、炎を霧散させていく。その動きに危うさはない。

当然だ。いくら腕一本とて、この程度の牽制《けんせい》技で打ち取れる相手ではない。

だがそれはもちろんアイランズも承知のこと。

《煉獄竜の大顎《サタンファング》》は時間稼ぎだ。

この身体が持つ最強の一撃を溜《た》めるための。

「蒼天を穿《うが》て、煉獄《れんごく》の焔《ほのお》」

瞬間、それは成った。

天に突き上げた黄金の大剣から噴き上がる紅蓮の炎。それは際限なく温度と勢いを増しながら、天を衝《つ》くほどに長く伸び、やがて集束。押し固められることで一層光度と温度を増し、周囲を真昼よりも明るく照らす白光の剣となる。


「《天壌焼き焦がす竜王の焔《カルサリティオ・サラマンドラ》》────ッ‼」


振り下ろされる光の剣。

それはこの世界で一番高い剣峰エーデルベルクを真っ二つに斬り裂いた、《紅蓮の皇女》ステラ・ヴァーミリオンが有する最高攻撃力だ。

エーデルワイスがどれだけ卓越した剣技を有していようと、あくまで剣士。

その強さは対人。この規模の────対国家級の破壊を受ける手札を有していない。

受け止めれば死。躱《かわ》せば死。いずれにしても必殺だ。

(エーデルワイスが万全ならば到底発動など出来なかった隙の大きな技だが、やはり時代は、世界は、この私を選んだのだよ！)

アイランズは確信する。

この一撃でこの場に居る者達はもろとも死に絶える。生きながらえる道理はない。

邪魔者がいなくなれば、自らの細胞魔術で体に入り込んだ異物《一輝》を排除することも出来る。

それで勝利だ。

アイランズの目的は達せられる。

そのはずだった。

しかし直後、振り下ろした《天壌焼き焦がす竜王の焔《カルサリティオ・サラマンドラ》》が、何も無い虚空で何かに受け止められたように止まってしまった。

「ッ――――!?」

「私がどうやってあの岩盤の下から脱出出来たか。知りたいのでしたね?」

予期せぬ事態に混乱するアイランズにエーデルワイスは告げた。

その余裕さえ感じさせる声音に、アイランズは背筋に悪寒を覚える。

まさかこの事態もエーデルワイスの力によるものなのか。

だが彼女の能力は『契約』。一体どうやってこんな現象を引き起こすというのだ。

疑問の答えを探ろうと、アイランズはエーデルワイスを睨《にら》みつける。

そうして気付いた。

一見、片腕に深い傷を受け、大量の血を流し弱っているように見えるその体の中に、先ほどまでとは比べ物にならないほどの魔力が滾《たぎ》っていることに。

その高まりは先ほどまでの数十倍。およそ尋常なふり幅ではない。

こんなことが可能なのは、

「……まさか、イッキ君の《一刀修羅》か……!?」

「《麒麟功《きりんこう》》という呼び名もあるようですが、名は違えどやっていることは超集中で短時間に自分のあらん限りを出し尽くすこと。つまり技術であって能力ではない。私が同じことが出来ても何ら不思議ではないでしょう。最も、……私の能力はイッキやシャオリーとは異なりますが」

《落第騎士《ワーストワン》》黒鉄一輝は《一刀修羅》という超集中により、本来の能力である『身体強化』の倍率を跳ね上げる。《饕餮《トウテツ》》フー・シャオリーは《麒麟功》により、ステラから奪った竜の力をブーストさせた。

ではエーデルワイスは？

彼女の能力は『契約』、――それを成立させる物理現象を超えた『強制力』である。

その『強制力』が今一時と勝負の刻限を定めた超集中によりブーストされれば、

「従える対象は、もう人に留まらない」

「……！」

次の瞬間、アイランズは《天壌焼き焦がす竜王の焔《カルサリティオ・サラマンドラ》》が押しとどめられた虚空に、人の影を見た。

虚空に陽炎《かげろう》のように滲《にじ》む微《かす》かな輪郭は、巨大な双剣を握った身の丈30メートルを優に超え

る戦乙女《ヴァルキリー》。それがエーデルワイスの背後に立ち、天から降り落ちる《天壌焼き焦がす竜王の焔《カルサリティオ・サラマンドラ》》を受け止めていたのだ。

「これ、は……っ」

アイランズはすぐに理解する。その戦乙女が実体のある存在ではないことを。

そう、これは幻だ。

黒鉄一輝の《追影》が見せる影が遅れる現象と同じ。術者の強すぎる因果に対する引力が引き起こす埒外《らちがい》の事象を後出しで補強するため世界が見せる幻覚。

エーデルワイスの『強制力』が可視化した姿。これこそが、かつてたった一人で《連盟》《同盟》両軍を切り伏せ、アイランズの罠《わな》により地殻ごと降り落ちてきた瓦礫《がれき》を悉《ことごと》く斬り飛ばした、《比翼》のエーデルワイスの切り札。その名も——

「《理を断つ綺羅星の剣《ソードオブコスモス》》」

宙に剣を思い、思う剣を振るうだけで、世界に斬痕を刻む因果の剣である。

それを理解した瞬間、アイランズは片腕になったからチャンスなど、とんだ思い違いをした自分を悔いる。

一刀も二刀もない。

《比翼》のエーデルワイスという存在そのものが、ただ其処に在るだけで世界を断ち切る『剣』なのだ。

「がっ⁉」

《理を断つ綺羅星の剣《ソードオブコスモス》》はゆらりともう一本の剣を掲げ、アイランズの《天壌焼き焦がす竜王の焔《カルサリティオ・サラマンドラ》》を受け止めている剣に叩きつける。

「ぐ、ぅぅううぅうぅう!?!?」

一刀で保たれていた拮抗はあっけなく崩れ、アイランズは天から降り落ちる二刀を支えるので手いっぱいになり、身動きが取れなくなった。

「――――」

そうしてアイランズの身動きを奪ったエーデルワイスは、周囲の状況を改めて精査する。

王馬の言う通り、彼の後ろで倒れているアリスと刀華にも息はある。しかしとても細い。すぐに手当てが必要な状態だ。

(特にオウマは危険な状態ですね)

彼は周囲から取り込んだ風の鎧をすべて他の者に回して、自分はステラの《暴竜の咆哮《バハムートハウル》》の直撃を受けている。

王馬のその判断があったからこそ、一輝の仲間は誰一人死ななかったが、代償はあまりにも大きい。

かろうじて人の形を保っているのは彼がステラと並ぶAランク騎士だからだ。

《龍爪《リュウヅメ》》を杖代わりに、いまだ膝《ひざ》を屈してはいないものの、もはや呼吸すら出来ていない。

自らに残った僅かな力で風を操り、酸素を取り込むことでかろうじて息をつないでいるだけだ。王馬に残された時間はもう僅かしかない。

そしてエーデルワイスの《理を断つ綺羅星の剣《ソードオブコスモス》》も一分過ぎれば超集中による魔力ブーストが途切れ、維持出来なくなる。

一分間。それがリミット。

もしそこまでに一輝がステラを取り戻せないならば、今この剣で救える命を優先する。

つまりその時は皆を生かすための手加減をやめて、この双剣を振り下ろし、

(私が貴女達を――……斬る)

◆◇◆◇◆

珠雫の魔術によってステラとの合一を果たした一輝。

その意識は今、彼女の中にある記憶の宇宙を流星となって進んでいた。

上も下も右も左もなにもないそこに輝く星のような光は、すべてがステラの記憶の断片だ。

それがパチンと輝くたびに、肉体を一つとした一輝の側にもステラの記憶が流れ込んでくる。

『ぎゃあああああ！！！　熱い熱い熱いぃぃいあ゛あぁあ゛あ！！！！』

『やめてぇえ！　ステラちゃん、どうして……！　アギャアアアッ!!』

『――このような痛ましい事件が起きてしまったことを、ステラの父として、そしてヴァーミリオン国王として、深くお詫《わ》び申し上げる』

『ステラちゃん。お願いだから、……これ以上お母さん達に迷惑をかけないで』

『許せない……！　アンタなんか殺してやるッッ!!』

『夢だっていうなら、あたしの娘を返してよ!!　返しなさいよォッ!!』

『お前が『現実』と思っているものこそが、都合のいい『夢』なんじゃないのか』

『キミ。誰……？』


ステラの焔に焼かれて彼女の友人が死ぬ姿。

それを国民や家族に責められ、閉じ込められる毎日。

自分と出会うこともなく、自室の中で誰にも認められず年老いていく。

そんな……存在するはずがない数十年の記憶が。

「ッッ〜〜〜〜……!!」

アイランズによりでっち上げられた偽りの記憶だ。

それを見せられて、一輝は怒りに震えた。

「よくもこんなデタラメな夢を……!!　よりにもよって、あの国の人たちを使って……!!」

アイランズはこのデタラメをステラに信じ込ませ、彼女の心を破壊しようと目論《もくろ》んだ。

許せない。

あの男だけは絶対に許さない。

必ず、この世界のどこにいようと見つけ出して、報いを受けさせてやる。

一輝は激しく燃える憎悪と怒りに誓う。

だがその報復はステラをこの地獄から救い出してからだ。

「待ってろステラ！　絶対に助ける!!」

一輝は心で強くステラを求める。

すると求めれば求めるだけ、一輝を宇宙の果てに運ぶ流れは速くなる。

体を同じにしているからだろうか。誰に言われるでもなく理解できる。

この先にステラがいるのだと。

やがて一輝は自分が進む方向に赤く輝くひときわ大きい光を見た。

その巨大な光に手を伸ばす。

瞬間、彼の身体は赤い輝きの中に吸い込まれ、一輝はあまりの眩《まぶ》しさに耐えきれず目を瞑《つぶ》った。

「────……」


そして、次に目を開けたとき、──一輝は見覚えのある部屋の中に立っていた。

大きなクローゼット。瀟洒《しょうしゃ》な細工をあしらった姿見。天蓋付きの大きなベッド。

およそ一輝の生活には無縁な、豪奢《ごうしゃ》な調度品が並ぶその部屋の光景を一輝は知っていた。

ヴァーミリオンに滞在中何度か訪れた、王城にあるステラの自室だ。

「……まさか本当に自分と他人ではなく他人同士での合一を成功させるとはねェ。君の妹はともすれば私を超える水使いとなるかもしれないな。イッキ君」

「────ッ!!」

声はバルコニーに出る窓辺から。

ほぼ壁一面に張られた窓ガラス。

そこから部屋に差し込む光を背に、自分にそっくりな金髪の男が立っていた。

「アイランズ──ッ!!」

一輝はすぐ《陰鉄》を抜き臨戦態勢をとる。

一方アイランズはそんな一輝を忌々しそうに睥睨しながら、

「しかしその技術は称賛に値するが、まだ取り返しがつくという前提で行われている君達の悪あがきは、まずその前提からして間違っているのだよ。君たちは人間の人格というものを買いかぶりすぎている」

一歩横に動いて自らの身体で隠していたそれを一輝に見せつけた。

まるで意思を持たない人形のように力なく椅子《いす》に腰掛ける老婆の姿を。

その姿を目にした一輝の表情が凍り付く。

あまりにも、あまりにも彼の知る彼女の姿からかけ離れた有様ながら、面差しに、緋色《ひいろ》の髪に、見紛《みまご》うはずもない彼女の面影を感じる。

まさか——

胸に浮かぶ疑問は、震える唇から自然に零れた。

「……ステラ、なのか？」

◆◇◆◇◆

「人は生まれたときからその形が決まっているものではないのだ。経験が人を作る。同じ人間でも生きてきた人生が違えば全く別の性格となる。御覧の通りにだ。見たまえよこの弱弱しい姿を」

「……」

「もはや此処に《紅蓮の皇女》など存在しない。此処に在るのはただただ否定されるだけの人生を過ごした老婆だ。彼女は日本になど行ったこともなければ、君と出会ってさえいない。そんな見知らぬ人間の声が今更届くと思うかい？　届きやしないさ！」

言葉を失う一輝にアイランズは見せつけるよう、偽りの経験によって変わり果てたステラの肩に手を置いて言う。

だが、余裕然《しか》と嘲笑を浮かべるアイランズであったが、その心中は強い焦燥を感じていた。

彼は彼で追い詰められているのだ。

(外の事態はもう現状の手札ではどうにもならない)

エーデルワイスの乱入によってすべてが狂った。

あの《理を断つ綺羅星の剣《ソードオブコスモス》》という世界に対し強力無比な強制力を働かせる能力は、決して長い時間使える技ではないだろう。しかし、いざ時間切れが迫ればエーデルワイスは勝負を決しに来るに決まっている。

つまり、この身体を破壊するということだ。

それはアイランズにとって絶対に避けなければならない事態だった。

年齢、能力、あらゆる面で《紅蓮の皇女》はアイランズの計画に最適な人材だ。この年齢で《覚醒超過》まで克服した母体など、この後何世紀生きながらえても巡り合うことは出来ないだろう。

だから絶対に失うわけにはいかない。

例えこの肉体を一度手放すことになっても。

とはいえ、

（今保護されてしまえば記憶は復元されるかもしれない）

一輝に対してはさも手遅れのように語っているが、人格の削除は完全ではない。

今は薬物による酩酊《めいてい》に乗じてコントロールを奪っているが、保護され適切な治療を受けながら彼女を知る知人たちとの時間を過ごせば、記憶も人格も元に戻る可能性が高い。

そうなってはすべて振り出しに戻る。こちらの思惑が透けている以上次の拉致計画はより困難なものになることは避けられない。

だから、アイランズは次に繋がる一手を打つことを目的に切り替えた。

「淡い希望を胸にこんなところまで入り込んできたようだが、無駄足だったねェ。……さあお姫様。あの男は君の夢を妨げに来た敵だ。敵は排除しなくては。そうだろう」

「――――――」

脳に生体的に接続された《ダーウィン》からの命令が、ステラを動かす。

彼女の身体から紅蓮の炎が噴き上がり、揺らめく火炎は七つ首の龍を形作った。

ここはステラの精神世界。彼女の領域だ。

所詮外部から入り込んだ異物である一輝を焼き殺すのに苦労はない。

（この男だけは、この場で殺しておく）

ここで他でもないステラの力で一輝を殺せば、その事実は正気を取り戻した後必ずステラにとっての疵《きず》となる。

冷静さを奪い、怒りに身を任せ、安易な復讐《ふくしゅう》に走らせるだろう。

それがアイランズにとっての次の機会に繋がる。

「さあ！　喰い殺してしまえッ‼」

アイランズの号令に従い一輝に殺到する七つ首。

一輝は動かない。

恋人の変わり果てた現状に戦意も失ったか。

ならば好都合とほくそ笑むアイランズだったが、すぐにそうではないと気付く。

項垂《うなだ》れて垂れた前髪の下、一輝の口元が微笑《ほほえ》むように緩んだのを見たからだ。


「ああ、よかった」


「⁉」

瞬間、一輝を喰い千切らんとした七つの顎はすべて、彼の身体から噴き上がった蒼炎《そうえん》の魔力光に吹き飛ばされた。

「君はまだ、ちゃんと此処にいたんだ」

「そうか。……ははは。考えてみれば、君がそれを捨てられるわけがないんだ」

◆◇◆◇◆

はじめは、あまりにも無残に変わり果てたその有様に、一輝は悲しみのあまり言葉を失った。

しかし次いで目に入ってきたそれを見て、感嘆のあまり息さえも忘れた。

それとは、変わり果てたステラがその胸に抱きしめるもの。

焼けた鉄が如《ごと》き輝きを放つ巨大な剣——《妃竜の罪剣《レーヴァテイン》》だ。

ステラは触れただけで折れてしまいそうな冬の枯れ枝のような細腕で、その刃を掻《か》き抱いていた。まるで、誰にも奪われまいとするかのように。

そう。ステラは手放してなどいなかったのだ。

自らの誇りを。魂を。

70年という偽りの人生を経た今でもなお。

この剣は、この炎は、自らの人生を壊した元凶でしかないのに、どうしてそれを大切なものを抱きしめるように持ち続けているのか。

それほどまでにステラの精神が強固だったのか。

違う。

アイランズの人格破壊が不完全だったのか。

そうじゃない。

ステラは間違い無く傷つけられ、追い詰められていた。当然だ。周りの人間にただただ己を否定され続ける。それがどれだけつらいことか、耐えがたいことか、たった数年だったが一輝もそれを身をもって知っている。

だけど……そんな有様になっても決して忘れられないものがある。

どんな有様になっても絶対に諦められないことがある。

たぶんそれが何なのか、ステラ自身にももうわかっていないだろう。

だけどこの世でただ一人、黒鉄一輝には、それがなにか一目で理解出来た。

なぜなら、彼はステラと同じくらいの度《ど》し難い負けず嫌いだから。

「だって君は————まだ僕に勝てていないじゃないか」

なんて無駄な時間を過ごしたんだと、一輝は悔いる。

はじめからやり方が間違っていたのだと。

自分がするべきことは、無様な泣き顔でステラの名前を呼ぶことでもなければ、恋人として彼女の剣で彼女の愛した者を傷つけさせないと、互いの関係をまるで何かの契約のように気取りながら悲壮感に酔い刃を向けることでもない。

愛を語る言葉も、契約じみた関係も、二人の始まりにはなかったものだ。
一国の姫と厄介者の次男坊。
住む国も立場も違う二人が結び合ったのは、

ただただ目の前の騎士に対する憧れだった。

すべてはそこから始まった。
剣を交え、剣で高め合い、剣で惹《ひ》かれ合った。
互いに憧れ、憧れるからこそ必死になって超えようとした。
言葉も契約も、全部あとからついてきたものでしかない。
それが《落第騎士《ワーストワン》》と《紅蓮の皇女》のすべてだ。
ならば、何も迷うことはない。——やるべきことは一つだけじゃないか。
「っ⁉　待て！　何をする気だお前……‼」
見せつけてやる。渾身の一太刀で。
ステラが憧れてくれた、《落第騎士《ワーストワン》》黒鉄一輝の強さを。
この刃はどんな言葉よりも深く届く。きっと届けてみせる。
そして——

「僕の最弱を以て、君の最愛《あこがれ》を取り戻す!!」

踏み込みに、一切の迷いは無かった。

渾身の一太刀――《追影》の構えをとったまま距離を詰める一輝の姿に、アイランズが悲鳴に近い声を上げる。

「よせ！　まだ人格の剝離《はくり》は完全じゃない！　ここに居るのは間違い無くステラ君の魂なんだぞ！　それを斬ろうものなら……ッ!!」

こんな老婆に受けられるはずもない。

斬ればステラは死ぬ。

その魂は失われる。

それはアイランズにとって絶対に避けなければならないことだった。だから彼は人格の削除が済んでいないことを自白してまで一輝を止めようとする。

だが一輝は止まらない。

「止まれこのアホがァァァッ！！！」

止まる必要などなかった。

なぜなら彼は知っているからだ。

確信を持って言える。アイランズの考えるようなことにはならないと。

《紅蓮の皇女》ステラ・ヴァーミリオンを誰よりも知る故に。

だから、

「終《つい》の秘剣――《追影》」

ステラの首筋めがけ、渾身を振りぬいた。

◆◇◆◇◆

見ず知らずの誰かが、刀を手に襲い掛かってきている。

そんな状況を……ステラはまるで他人事のように眺めていた。

この目に映る世界のすべてが、もう彼女にとってはどうでもいい他人事だったのだ。

ただただ己の存在を否定し続ける国。家族。世界――全部が全部、もうどうでもいい。

倦怠《けんたい》が全身を包み、迫る刃に抗う気力さえもなかった。

夢でもいい。死でもいい。ここから逃げ出せるのならなんだってよかったのだ。

――そう。よかったはずだ。なのに、

『君の霊装《デバイス》《妃竜の罪剣《レーヴァテイン》》を渡しなさい。それと引き換えに、私が君を素敵な夢の世界に帰してあげよう』

なぜ、渡せなかった？

その不可解がずっと頭を廻《まわ》る。

自分自身にも、その理由がわからない。

この剣は忌むべきものだ。この力さえなければ友人達を焼き殺してしまうこともなかった。

この炎が、自分から何もかもを奪い去ったのだ。

だったらこんなものいらない。

触れていたくもない。

そのはずなのに、一体何故。

わからない。自らが歩んできた虚無な人生のすべてを思い返しても答えは見つからない。

だけど——

不思議と、この剣を抱きしめていると……、ある一つの感情が湧《わ》き上がってくる。

悔しさ。

それが胸の奥をちりちりと炙《あぶ》る。

その悔しさは、何に対して？

この剣が引き起こした災禍に対する悔恨か？

(違う……)

そうであるならこの剣を手放すことになんの躊躇があるというのか。

ではなんだ。知らない。覚えがない。――――いや、

覚えは、ある。

遠い日に見た、帰りたいと願ったあの幸せな夢。その幸せがどんな形をしていたのかさえ思い出せないのに、その夢の中で……一度だけ、とても悔しい思いをしたことを覚えている。

(ああ、そうだ。……彼だ)

今、自分に向かって刃を振り抜かんとする少年。

すごく暑くてジメジメした異国の夏。どこかの大きな舞台の上で、この少年と戦った。

どういう経緯でそうなったのかはわからない。

だけど自分たちは確かに剣をぶつけ合った。

勝つために。

[redacted]に勝つために、自分のあらん限りを尽くして戦って、そして――敗れたんだ。

この焼けるような悔しさは、その時の感情だ。

理解すると、その夢と同じように枯れた涙腺から涙が溢れ出してくる。

熱い涙。滲む視界。思い出せる。全部あの時と同じだ。

とても悔しくて、涙が溢れて、――それでも、

（それでもアタシは、この人を睨み続けた）

どれだけ体が痛くても、重くても、意識が潰《つい》える最後の瞬間まで、焼き付けようとした。

自分を倒した彼の顔を。

胸を焼く悔しさと一緒に——


『つぎ、は、……ぜったいに、……まけないから……ッ』


その悔しさだけが、自分をもう一度この場所へ連れてきてくれると知っていたから！

（ああ……！　やっと、やっと見つけた……ッッ!!）

目の前のすべてが信じられない悪夢のような世界の中で、やっと、やっと見つけた。

決して嘘ではないと、夢なんかじゃないと確信出来る、絶対に確かなもの。


今、眼前に迫る男に対する——憧れ《悔しさ》をッ!!


「う、ぁ、ぁぁあァ！」

なら握れ！　剣を握れ！

やせ衰えた腕が軋《きし》む。病み衰えた体が悲鳴を上げる。

だけど――そんなものは全部デタラメだ。幻だ。うそっぱちだ。

この胸を焼く感情だけが確かな導《しる》べなのだ。

その感情を心にくべろ！　魂を燃やせ！

「アァァアァアァ――――」

振りぬかれる彼の漆黒の刃が、首筋に迫る。

同時に、目の前の情景に異常が生じる。

世界から色が失われモノトーンと化す中で、振るわれる刀の影さえもが、彼に置き去りにされていく。

覚えている。もうはっきりと思い出せる。

この領域、この瞬間は彼だけが動ける世界。

ここに至り、彼の一刀を止めることは叶《かな》わない。どんな手段を以てしても。

あらゆる抵抗は彼の引力の前に屈するのみ。

（それでも――動け！）

動かなければならないんだ。

この一撃に、二度は屈するな。

出来ないなんて言わせない。

あの日、あの憧れに誓ったのだから！

たとえこの世界のすべてが、この人の後ろを追いかけるだけの影に成り下がったとしても、《紅蓮の皇女》ステラ・ヴァーミリオンだけは、――《落第騎士《ワーストワン》》黒鉄一輝の隣に並び立つ存在であり続けると――――!!

「アァアァアアアアァアアァアアア―――――――――ッッッ!!!!」


瞬間、ステラの老い衰えた体全体から火炎が噴き上がった。

火炎は色を失った世界を赤に塗り潰していく。

い、い、い、い、い、い、
自らの色に塗り変えていく。

黒鉄一輝の引力が引き寄せた因果を、ステラもまた己の引力で。

それと同時にもう一つの変化が生じる。

炎に包まれたステラの肉体が、燃え盛る火炎の中で、急速に若返っていく。

枯れ枝のようだった腕は瑞々《みずみず》しい筋肉の張りを取り戻し、緋色の髪は輝くばかりの艶《つや》やかに、丸まった背は真っすぐ伸びて、乾いていた瞳も今は爛々《らんらん》と、憧れを燃やす。

それは《紅蓮の皇女》ステラ・ヴァーミリオンの在るべき姿だった。

その在るべき姿を取り戻すや、ステラの身体は一輝以外動くことの出来ないはずの時間の中で、椅子を蹴飛ばして立ち上がった。そして背をそり、腕を振り上げ、終ぞ手放さなかった彼女の霊装《デバイス》《妃竜の罪剣《レーヴァテイン》》を目いっぱい振りかぶって、迫る《追影》の一閃に叩きつけた。

轍《げき》音高らかに響く一合は、一瞬の拮抗さえ生じなかった。

《妃竜の罪剣《レーヴァテイン》》は《陰鉄》を易々と打ち返したのだ。

「……ほうら。やっぱりこうなるんだ」

それを目にして、一輝は嬉《うれ》しそうに言った。

「一度見せた技に二度もやられてくれるような簡単な相手じゃないんだよ。本当に、本当に嫌になるくらい強いんだ。僕の……最愛《最強》のライバルは。そうだろう。ステラ」

目を細めた目の奥、その瞳の中に、ステラと同じ憧れの輝きを燃やして。

「ええ。当然じゃない……！」

抱きしめ合う二人の間に、偽りの記憶が入り込む余地などもうありはしなかった。

◆◇◆◇◆

「イッキ……っ、イッキ……ッ」

一輝の背中に回した手に力を込めて、ステラは最愛の存在を確かめる。

本当に嫌な夢だった。

とても長くて、とても孤独で、とても辛《つら》い時間。

だけどこうしていると実感する。

あんなものは所詮、ただの夢でしかなかったことを。

どれだけ長い夢を見ても、目が覚めればそれが一夜の夢だと認識出来るように、体を包むぬくもりが現実であることを彼女はもう疑わなかった。

「みっともないところを見せちゃったわね。ありがとう。助けてくれて」

「ステラが戻ってきてくれたなら僕はそれで十分だよ。お礼は外の皆に言ってあげてほしい。珠雫も、王馬兄さんも、アリスや東堂《とうどう》さん、そして……エーデルワイスさんも、ステラのために命懸けで戦ってくれたんだ」

「ええ。わかってる」

合一により記憶が流れ込んできたのは一輝の側だけではない。ステラの方もだ。

だから言われずともステラはここまでの経緯を理解していた。

皆にはどれだけお礼を言っても言い足りない。

「珠雫に貸した分はとんでもなく高くつきそうなのが少し怖いけど」

「ははは。まあでも、今回は……珠雫がいてくれなかったら本当にどうにもならなかったから。二人でがんばって返済しよう」

「二人そろって妹に頭が上がらないわね」

そんな関係も今のステラにとっては愛おしくてたまらない。

早く皆に会ってお礼が言いたかった。

自分を繋ぎとめてくれた大切な友人たちに。だから、

「そのためにも、──アイツを片付けないとね」

言って、ステラは一輝から体を離し、自分の敵を睨みつける。

「〜〜〜〜っ」

「《大教授《グランドプロフェッサー》》カール・アイランズ。よくもアタシの身体で好き勝手やってくれたわね!!」

「……不完全とはいえ人格の削除は相当進んでいた。薬もまだ十分に効いているはず。こんな急に記憶が復元するなんてことが……っ」

アイランズは二人に睨みつけられ、たじろぐように一歩下がる。

彼は見誤っていたのだ。

記憶よりも深く心に残る憧れの強さを。それが生み出す結びつきを。

彼自身が、万人を見下す人間であるが故に、その強さを理解できていなかったから。

「……理解出来ない。出来ないが……今回は私の負けのようだ。それは認めよう」

アイランズは大きなため息をつくと、肩をすくめ、──醜悪に笑った。

「だが私は諦めないぞ」

「…………」

「これでも私はオル＝ゴールのような快楽殺人者ではないからね。今回は手段を選んだつもりだ。無関係な人間があまり犠牲にならないように。だが、なり振りかまわなければやりようなんていくらでもある。私の本体は未だ無傷だ。戦力も十分に残っている。私は必ずこの肉体を手に入れるぞ。そして《魔人《デスペラード》》同士の配合で生み出される生まれながらの《魔人《デスペラード》》を手本として、『運命』という軛《くびき》から人類を解き放ち新たな段階へ導く！　誰もが『運命』に囚われない新世界を作り私は神を超えるの、だ⁉」

直後、見開かれたアイランズの血走った瞳に、緋色が映りこむ。

「人の頭のなかでいつまでもベラベラと」

炎の翼をはためかせ一瞬で距離を詰めたステラだ。

ステラは興味もない妄言をベラベラと宣《のたま》うアイランズの心臓に《妃竜の罪剣《レーヴァテイン》》を突き立て、

「寝言いってんじゃないわよクソ野郎――――ッッ！！！」

怒りの感情を炎に変えて、自らに埋め込まれたアイランズの脳波を受け取るための受容体《レセプタ》である《ダーウィン》を焼き尽くした。

◆◇◆◇◆

ステラの刃がアイランズを貫いたと同時に、肉体の外でも状況に変化が起きる。

「ギャアアァアァアアア！！！！」

ステラの身体から突如火炎が噴き上がるや、彼女のものではない——いや生き物かどうかも怪しい絶叫が、ステラから響いた。

直後、ステラの耳の穴からドロリと肉色のアメーバのような半固形の物体が、炎にまかれながら這《は》い出してくる。

絶叫はそのアメーバの表面にある人間の口のような器官から発せられていた。

ステラの身体から外に出たアメーバは、身体の外周に無数の人間の指を作り出し、それらをムカデの脚のように蠢《うごめ》かせながら逃走を試みる。

しかし身を巻く焔の勢いは強まるばかりで、ほんの数メートル進んだところでついには完全な炭に変わり、動かなくなった。

この不気味な物体を珠雫は知っている。

「これは……アイランズの《ダーウィン》。……上手《うま》くいったのですね。お兄様……よかった……」

ステラの肉体を操っていた《ダーウィン》がステラの炎に巻かれて灰になった。

同時に《覚醒超過》により発現していた角や尾も塵《ちり》となって崩れ落ちる。

その光景に珠雫は自分たちの目論見が成功したことを確信。同時に最後まで彼女の意識を繋ぎとめていた緊張の糸が切れ、その場に昏倒する。

背後で刀華とアリスを守っていた王馬も同様に。

そしてただ一人残ったエーデルワイスがステラに尋ねた。

「気分はどうですか。ステラ」

「……身体に入り込んだ変な薬物やらは熱で吹き飛ばしたけど、いい気分とは言えないわ」

体の主導権を取り戻したステラは、その瞬間強烈な疲労感に崩れ落ちそうになった。

《覚醒超過》の乱用に加え、体内に投与された大量の薬物や施された施術のダメージ。遠く離れた場所から脳波でこの身体をコントロールしていたアイランズには感じられなかった積もり積もったダメージが、一気にのしかかってきたのだ。

しかし何とか膝をつく寸前で《妃竜の罪剣《レーヴァテイン》》を支えに踏みとどまる。

自分のために血を流してくれた人たちの前で、だらしない姿をこれ以上晒すのはステラのプライドが許さなかった。

ステラはなんとか息を整えると、戦場に唯一立っているエーデルワイスに頭を下げる。

「……アタシの中にいるイッキの記憶が混じってるから、経緯は全部知ってるわ。……アタシのために戦ってくれてありがとう。皆には本当に助けられた」

「私へのお礼は結構ですよ。ことのついでの片手間です。文字通りの意味で」

エーデルワイスは冗談めかして言いながら自分の髪をひと房斬り、深々と裂けた腕の止血を済ませる。

「わ、笑えないわよ……」

「まあ片手間なのは事実ですよ。アイランズは私が元々追いかけていた相手でしたから。貴女を助けたのは本当に成り行き上です。……そもそも私が初動で後手を踏まなければこんなに事態は悪化しなかった。これは自らの甘さが招いた結果ですよ」

「……でもアイランズはまだ生きてる。あいつの本体は別のところに……」

「ええ。ですから――そこへはすでにふさわしい人物に向かってもらっています」

「……ふさわしい人物？」

「安心していいですよ、ステラ。もう金輪際、あの男が貴女達の人生に関わってくることはありませんから」

それが本当ならステラにとってこれ以上に喜ばしいことはない。

正直今回の一件の報復をしてやりたい気持ちもなくはないが、それ以上にアイランズに対しては生理的嫌悪感が強く、なるべくなら二度と関わりあいを持ちたくはなかったから。

しかしふさわしい人物とは誰なのだろうか。

アイランズの強さから考えると半端《はんぱ》な伐刀者《ブレイザー》ではないが――

と、ステラが思考していると、ヘリのプロペラ音が空から聞こえてきた。

「いたぞ！　あそこだ！」

「倒れている者が多い！　生命維持装置の準備を！」

「地面の状態が悪い！　慎重に下ろせ！　病院にも連絡を！」

「あれは……」

「黒鉄長官に手配してもらった救護隊です。皆のことは彼らに任せましょう」

言うとエーデルワイスは「ふぅ……」と息をつきながらその場に座り込んだ。

態度こそ凛《りん》としていたが、その表情には隠し切れない疲労感が滲んでいる。

アイランズが見ていた光景がステラの脳には残っているので、彼女がどういう技を使いアイランズを留めてくれていたのかをステラは覚えている。

《理を断つ綺羅星の剣《ソードオブコスモス》》が《一刀修羅》と同質の超集中による瞬間的な能力の底上げならば、彼女の疲労は相当なものだろう。

……彼女は片手間と言っていたが、とんでもない。

（本当にただアイランズを倒すだけなら日本に来る意味なんてなかったじゃない）

誰をアイランズの本体の場所へ向かわせたのかはわからないが、人を使わずにエーデルワイス自身が出向くのが一番確実だっただろう。

それでも彼女はこのタイミングで日本に来た。

理由なんて一つしかない。

（アタシを助けるためだ）

自分がアイランズに狙われていることを知って、駆けつけてくれたのだ。

エーデルワイスは口に出さなかったが、彼女の行動をたどればそうとしか考えられない。だからステラは言われずともそれを理解して、強く思った。

この人に何か言葉以上のものを返したいと。

「エーデルワイスさん」

ステラはエーデルワイスと視線を合わせるために自らも座り、姿勢と口調を正して言った。

「貴女が世間で言われるような『犯罪者』でないことはわかっています。貴女には国も命も救っていただきました」

「……どちらもステラ自身の努力あってのことですよ。ヴァーミリオンのことも、今日のことも。むしろ私はもしステラが正気を取り戻せそうにないのなら、合一したイッキもろともに貴女を殺すつもりでしたから」

「ほかの皆を助けるために、ですよね」

自我を失い珠雫やアリス達を殺してしまう。

そんなのはステラとしても死んでも御免だった。

エーデルワイスが居てくれたおかげで、自分自身がどうなろうがその展開だけは避けられる状況となった。ならばやはり彼女には感謝しかない。

感謝を、行動で示したい。そのためにステラは提案した。

「エーデルワイスさん。ヴァーミリオンに来ませんか？」

「…………」

「貴方が《連盟》《同盟》双方から手配される犯罪者となった経緯について、アタシは詳しくは知りません。でもそれがくだらない誤解か……、あるいは陰謀か……、いずれにせよ貴女に非がないとは確信しています。だから……ヴァーミリオンという国家として、その間違いを正す手伝いをさせてほしいのです」

「私を手配している《連盟》の加盟国であるヴァーミリオンが、私を迎え入れると？　それは大きな問題になるのではありませんか」

「そんなことが問題になるおかしな現状を、まずはヴァーミリオンから正したいのです。第一皇女ルナアイズ・ヴァーミリオンがクレーデルランドに嫁いだ今、アタシはヴァーミリオンの次期国王です。その王としての立場と権力、すべてを使って貴女を理不尽から守ってみせます。貴女自身が望んでさえくれるのなら……！」

ステラはそう誓って、真っすぐにエーデルワイスを見つめる。

その緋色の瞳には《比翼》という世界最強の剣士を戦力として欲する邪《よこしま》な打算は一切なく、ただただ溢れんばかりの感謝だけが輝いていた。

だからこそエーデルワイスも居住まいを正し、答える。

「その気持ちだけで十分です。ありがとうございます。プリンセス」

一国の皇族にふさわしい敬称を用いて。

「ステラ姫。私はね、とても強いんですよ」

「……はい。そう思います」

「多分貴女達が考えている以上に私は強い。個としての戦闘力という括《くく》りなら、この世界で私に匹敵《ひってき》するものは片手で数えられるほどしかいないでしょう。そんな人間が特定の国家や勢力に属すること。それがどういう意味か。どういういらぬ動揺を周囲にもたらすか。わかりますか？」

「────！」

「今の立場も案外気に入っているんですよ。しがらみのない自由な剣だからこそ救えるものもありますから。今日の貴女達のようにね。ですから、私のことは本当に気にしなくていいのですよ」

「だけど……～っ」

エーデルワイスの考えを聞かされたステラは食い下がる言葉を継げなくなる。

政界人でもあるステラにとって、彼女の指摘する懸念は言われずとも容易に想像できること。ステラとしてはそれを承知でエーデルワイスを迎え入れるつもりだった。

その面倒を負い、円滑に対処することこそ、自分が出来る恩返しだと思っていたから。

だがエーデルワイスが自らの影響力の大きさを自覚する故に、あえて今の立場を選んでいるとなると、話が変わってくる。

(なんて人……)

エーデルワイスは争いを諌めるための『剣』であることを自分自身に課している。

だから自らが争いの原因になるようなことは決してしない。

たとえこの世界の枠組みから外れることになっても。

それほどの決意。覚悟。それはもう彼女自身の騎士道だ。

一人の誇り高い騎士が自らの信念を以て定めた生き方を、どうして阻むことが出来るだろうか。

エーデルワイスが見せた信念を理解したステラは、彼女に対し自分が何一つ出来ないことを受け入れ、唇を噛むしかなかった。

「…………」

そんなステラの表情を見て、エーデルワイスは嬉しそうに目を細める。

ステラの提案は確かにエーデルワイスにとって受け入れられるものではない。だが自分という一人の人間のために何か出来ることはないかと、必死に考えてくれることは、素直に嬉しかった。ステラの感謝の気持ちの深さは、もう十分すぎるほど伝わっていたのだ。

だからこそエーデルワイスは思う。

このまま何も求めないのはひどいことかもしれないと。

「……ああそうだ。そんなに私に何かお礼がしたいと思ってくれるなら、一つお願いしてもいいかしら？」

「っ⁉　何でも言って！　貴女に少しでも何かを返せるなら、なんだってするわ！」

表情を輝かせるステラにエーデルワイスは「ありがとう」と礼を言って、願いを口にする。

「お願いというのは、私の子供のころの夢を叶えてほしいんです」

「子供のころの……？」

「ええ。自分に『剣』の才能があることを知った今だからこそ私はこんなことをしているわけですが、これでも子供のころには普通の少女のような夢を持っていたんですよ」

そのときのエーデルワイスの表情は、剣を握っているときの凛としたものとは違い、どこか少女のようなあどけなささえ感じさせる笑顔だった。

◆◇◆◇◆

アメリカ合衆国ワイオミング州、イエローストーン国立公園。

この地下深くの大空洞に、《大教授《グランドプロフェッサー》》カール・アイランズの本拠地は存在する。

太古の昔から続く地球の原風景を保存すべく、意図して開発の手を入れないように努力がなされているその公園は、人目を避けるには都合のいい場所だったからだ。

アリの巣のような複雑に入り組んだ洞窟の最奥に、ステラを拘束していたものより何十倍も巨大なカプセルが鎮座し、そこに満たされた薬液の中には家屋ほどに巨大な脳みそが浮かんでいる。

それこそが人類を完成させ神となるため、己自身を進化させたアイランズの今の姿だ。

(まさかあれだけ手を尽くしたというのに、失敗してしまうとは)

オル＝ゴールが起こした混乱に乗じ、アメリカ本国と《同盟》を操り、大戦力を動かせる状態を作った。そこまでは完璧だった。

あとは日本を占領し、拘束したステラ・ヴァーミリオンをあれこれと理由をつけてアメリカ本土へ移送するだけだった。

だが《世界時計《ワールドクロック》》新宮寺黒乃《しんぐうじくろの》の活躍により《サイオン》は壊滅し、日本の占領は失敗。

次善策として自分自身の肉体を動かし油断していたステラを拉致するも、これも学生騎士やエーデルワイスの介入により失敗。

打つ手打つ手が上手くいかなかった。

歯があるのなら歯ぎしりをしたい気分だ。

しかし、それでもまだ手はある。

(私には多くの顔がある。その中の一つが――米国の兵器開発者だ)

戦闘機械人形《ＥＤＹ》や、その主武装の《重粒子咆》。さらには《空飛ぶ提督》ダグラス・アップルトンの《エンタープライズ》をはじめとする改造霊装《デバイス》。この国が誇る強力な兵器のすべてはアイランズが開発したものだ。中には弾頭一発で半径100㎞の生物を死滅させる戦略核もある。

そして彼は自らが開発した兵器の内部には、ステラにも埋め込んでいた生体細胞化《ダーウィン》を素体とした生体金属を必ず使用している。

それを介し、いつでも兵器のコントロールを奪えるように。

（すべて……君が大人しく私に協力しないのが原因なのだよ。ステラ君。私は君を新人類の偉大な母にしてあげようと。共に神として世界の歴史に名を刻む名誉を与えてあげようとしたのに）

本来こんなものを使うつもりは無かった。

破壊の規模が大きすぎる。

自分は大量殺戮《さつりく》を望むオル＝ゴールのような異常者ではない。

人類の発展と進化を心から願う、人類の味方だ。

だからはなはだ不本意。不本意だが、ここまでの抵抗を受けては仕方ない。

すべては、自分に快く協力しない物わかりの悪い愚か者たちが悪いのだ。

……アイランズはそんな身勝手な義憤で自身を正当化し、恐るべき行動に出る。

（照準は日本とヴァーミリオン両国だ）

すぐに発射可能な戦略核ミサイルは114発。

そのうちの半分を用いてまず両国の人口の九割を死滅させる。

その犠牲によって新人類を生み出す神である自分に歯向かうことがどれだけのリスクか、思い知らせるのだ。

（大人しく私の手に渡っていればよかったものを。この犠牲は君達の責任だからな！）

自分たちの反抗がいかに高くつくかを思い知らせたのち、残り半分の核ミサイルをちらつかせ、恭順を約束させる。

お優しいお姫様にはそれ以外の選択は選べない。

ステラの心を無遠慮に覗いたアイランズはそう確信を持っていた。

だから彼は迷うことなく世界に破滅をもたらす命令を《ダーウィン》に送ろうとする。

——だがまさにそのときだった。

アイランズの脳が保管されている空洞の天井の一部が、巨大な爆発《ばくはつ》と共に崩落したのは。

（なっ⁉）

脳に接続したカメラでその崩落を視認したアイランズは、何事かとカメラをズームする。

崩れ落ちてきた岩盤の欠片《かけら》。

ごうごうと立ち上る土煙の中に、誰かのシルエットがある。

やがて煙が晴れるとその正体が判明した。

中華風の装いをした小麦色の肌の少女、その人物をアイランズは知っている。

「あいやー！　これはチージン！　こんなおっきな脳みそは初めて見たっすよ！　これが《大教授》《グランドプロフェッサー》殿の本体なんですね！」

侵入者の正体は、《同盟》の主要国の一つである中国。そこに所属する能力者の中でも最強と呼ばれる《四仙》の一人。

エーデルワイスと共に生き埋めにしたはずの《饕餮》《トウテツ》フー・シャオリーだった。

「フー・シャオリー！　どうしてここに……っ！」

スピーカーを通して発する声に、シャオリーは包拳の姿勢を作り答える。

「ハイ！　エーデルワイス殿に頼まれたっす。ここに攻め込んで貴方を倒すようにと。自、自分が、い、い、い、適任だからと」

「適任……」

その言葉からアイランズはエーデルワイスの思慮をすぐくみ取る。

「独立性を保っているとはいえ《神龍寺》は中国武術省の一部。つまり《同盟》側だ。中国の闘士であるお前が私を始末すれば《連盟》との停戦交渉を妥結させやすくなる……ということかっ！」

何処にも属さない戦力であるエーデルワイスがアイランズを討つよりも、そちらのほうが遥《はる》かに円滑にオル＝ゴールの暴走から始まり、アイランズの陰謀によって加速した世界の混乱を収拾できる。確かに適任ではある。

だがそれを聞いた当の本人は、

「…………おー。なるほど」

驚きに目を丸くした。

「り、理解していなかったのか……！」

「えへへ。自分頭が悪いので。難しいことはよくわかんないっす。でも命の恩人であるエーデルワイス殿に頼まれれば自分、なんでもやっちゃうっす！　というわけで、アナタにはここで倒れてもらうっすよ！　お覚悟を」

そういって籠手《こて》の霊装《デバイス》《蛮鬼《ばんき》》を纏った拳《こぶし》を構えるシャオリー。

そんな彼女の姿に、アイランズは目などないのに眩暈《めまい》を感じた。

なんという思慮の浅い女なのだと。

「ふ、ふざけるな！　こんな知能の低いアホに殺されてたまるか!!　エイブ――――」

だがシャオリーは確かに頭はよくないが、その実力はかつてステラを圧倒したほどに高い。

そんな闘士にずっと秘め隠してきた自分の本体、無防備な脳髄の至近にまで踏み込まれた時点で、アイランズの敗北は決していた。

（速……ッ⁉）

脳髄を納めた巨大なカプセルの周辺に設置された小型のカプセル、その内部のエイブラハム

達が起動する暇さえなく、シャオリーは《縮地》の理合いを以て一瞬で拳の射程に入り込み、

「《五兵大主《ごへいたいしゅ》》――カルサリティオ・サラマンドラッ！！！」

他人の魔力を喰らい、その能力を得る霊装《デバイス》《蛮鬼》によってステラから奪った竜の炎を纏わせた崩拳を、カプセルの分厚い特殊ガラスに打ち放つ。

あまりの高温にもはや炎ではなく光と化した拳は、特殊ガラスを易々と溶かし抜き、その先端を内部へと届かせる。それは水の中に焼けた石を投げ入れるに等しく、

「ギャアア！！！！！」

内部の薬液は瞬時に沸騰。アイランズの脳髄を茹《ゆ》で上げ、スピーカーから絶叫が迸《ほとばし》る。

「やべろおぉおおっ！　この私は、私は人類の未来そのものなのだぞ！　私には人類皆が運命という限界を超えこの宇宙に繁栄する手段が見えているんだ！　誰もが可能性に満ちた世界を作れる神なんだぞ、私は！　それがこんな、こんな学も何もないサル女にぃい殺されていいわけがない！　こんなところで終わっていいわけがないぃいいいいいいい！！！」

目の前に迫るひさしぶりの死の恐怖。

アイランズは自らを再度進化させこの窮地に抗おうと、脳組織の一部で脳全体を覆う耐熱殻

の生成を試みる。

しかし――それは意味のない悪あがきだった。

アイランズの生体組織を作り変える『進化』の魔術は強力ではあるが、一輝との戦いで《ダーウィン》に戦わせ時間を稼いでいたように、戦闘中に使うには不向きだ。それがシャオリーほどの手数を誇る闘士ならなおのこと。

「もう一ッ発!!」

気化により体積が爆発的に増した薬液の圧力が、カプセルを粉々に吹き飛ばす。

浮力により浮かんでいたアイランズの脳髄は支えを失い地面に落下。

落下してきた脳髄に、シャオリーは残していたもう片方の《蛮鬼》を叩きこんだ。

即席の耐熱殻程度で太陽にも匹敵する高温の拳を防ぐことなど出来るはずもない。

シャオリーの拳は深々と上皮細胞に突き刺さり、そこから噴き出した竜の炎が一瞬で脳髄全体を飲み込んだ。

「アアァァア゚アアヂアアアアアアアアアアアア――――――――!!!!!」

アイランズがその生涯をかけて大切に守り育んできた自慢の脳細胞。

それが瞬く間に炭化し失われていく。

スピーカーから響く断末魔はもはや人間の言葉ではなかった。

しかし、シャオリーはそれを哀れには思わない。

「自分難しいことはよくわからないっすけど、一つだけ、わかることはあるっす。貴方は他人を踏みにじって自分の夢を叶えようとした。だったら踏みにじられる覚悟もするべきっす。貴方は自分が神のように語るけど、自分たちは皆対等な人間。ならばこそ、それは雌雄を決する相手への最低限の礼儀というもの」

でもこの男は自分だけが安全な場所にいようとした。

それが許されると思いあがっていた。

そんなことはない。

なぜならこの男は神でもなんでもなく、ただの人間なのだから。

「貴方はただ負けた。ただ負けて滅ぶ。ただそれだけのことっす」

「――――――――」

設備と脳髄を繋ぐ配線が焼き切れたのか。感情や人格を司《つかさど》る部位が焼け落ちたのか。もはや悲鳴も聞こえない。

アイランズの脳髄は巨大だったが、すべてが炭になるまで三分とかからなかった。

◆◇◆◇◆

ステラが救出され、傷ついた学生騎士たちが保護されてから約一時間後。

対馬の自衛隊基地へ王馬によって運び込まれた日本国総理大臣・月影獏牙《つきかげばくが》が、昏睡状態から目を覚ましたという報告が、連盟支部で連盟首脳陣との会議中だった黒鉄厳の下に届いた。

厳は連盟首脳陣との会議を終え、三時間ほどの睡眠をとった後、ヘリで月影のいる関西の病院へ赴く。

病室に通されると、月影はベッドの上で半身を起こしていた。

「総理。もう起きても平気なのですか」

「……夢を見ていたんだ」

「それは……総理の能力が見せた例の？」

月影は痩せこけ疲れ切った顔で頷く。

月影の霊装《デバイス》《月天宝珠》の能力は『歴史』。

一定範囲内の人物や場所の過去を水晶型の霊装《デバイス》を通して見ることが出来る。

だがこの霊装《デバイス》にはもう一つ、月影自身にもコントロール出来ない副次的な力がある。

それは時折『過去』ではなく『未来』の光景を月影に見せるというものだ。

月影はその能力で東京が焼け野原になっている未来を見て、破軍の理事長を辞め政治家へと転向。自らが見た未来を回避すべく、《暁学園》を立ち上げ、《連盟》から《同盟》への鞍替え《くら》を計った。

厳もその計画を知っていた者の一人で、元々《連盟》との関係が良好と言い難かった黒鉄本家の方針もあり、王馬を派遣し計画の間接的な手助けをしていた。

そういう経緯があるので、夢、という一言で話は通じる。

「私はずっとずぅっと……焼け野原になった東京をあてどなく歩き続けていた……。周りには炭になった死体が瓦礫に交じって転がっていて、川は火にまかれ逃げ込んだだろう人々の死体で堰《せ》き止められ、溢れていた。……地獄だったよ」

月影は眉間に深いしわを刻みながら、うめくように呟《つぶや》く。

巌は子供のころからこの男を知っているが、随分と老け込んでしまった。

おそらくは件の夢による心労が原因なのだろう。

だが次の瞬間、そんな老人がここ十年以上見せなかった穏やかな表情を見せた。

「でもそれが昨日、突然醒《さ》めたんだ」

「多くの騎士が尽力してくれたおかげです。特に、若い学生騎士たちの活躍が大きかった」

《傀儡王》、《大炎《たいえん》》、《大教授《グランドプロフェッサー》》——月影が意識を失っている間、多くの危機が起こり、それらが若い力により打倒された。

巌は《饕餮《トウテツ》》フー・シャオリーが米国の核戦力を用いた《大教授《グランドプロフェッサー》》の暴走を止めたという連絡も、米国側から説明を受けている。

だから思った。彼らが月影の見た未来の因果を変えてくれたのだ、と。

「……《同盟》に対し、《連盟》はどう対応することになった?」

昨日まで昏睡していたのにもう仕事の心配か。

今日はとりあえず月影が眠っていた間、彼の業務を代行した身としてその期間の経緯を説明するまでにとどめ、今後の話は彼の復帰を待ってからと考えていた巌は、一瞬話すことを躊躇った。

しかし総理たる彼が知る権利を有する事柄を尋ねている以上、代行に過ぎない身で勝手な裁量を振るうのは規則に反する。

巌はすぐに思い直し正直に答えた。

「深夜の会議で決まった内容につきましては引き継ぎの資料や議事録をご覧になっていただくことになりますが、――基本的にあまり強い責任追及は行わないこととしました」

「あまり追い詰めすぎてやけを起こされては、より全面的な戦争にもなりかねないから、か。妥当な判断だが、……納得しない加盟国も多いだろう」

「はい。日本以外にも今回の《同盟》の一斉侵攻で被害を受けた加盟国はたくさんあります。相手が大きすぎるから強く責任を追及できないというのは、やられ損です。当然我が国でも憤る声が多い。……ですが《同盟》所属の闘士《饕餮》《トウテツ》が《大教授》《グランドプロフェッサー》を討ったことで、今回の一件は《大教授》《グランドプロフェッサー》とそれに追従した一部政治家の暴走であり、《大国同盟》《ユニオン》全体の総意ではないと責任回避を目論む《同盟》ハト派の論調をこちらが否定しづらくなったのも事実。《連盟》としてはこのハト派の言い分を認めることで同調し、タカ派に詰め腹を切らせることでこれ以上の戦火の拡大を防ごうというのが、未明の会議で決定した方針になります」

「フー・シャオリーか。まだ年若いだろうに《大教授《グランドプロフェッサー》》を打倒するとは大したものだ。彼女の活躍があったおかげで、こちらとしても『妥協点』を作りやすくなったわけだね」

「はい」

　厳は頷く。

　それらの絵を描いていたのはシャオリー本人ではなく、彼女を派遣した《比翼》のエーデルワイスと、彼女を日本に派遣した《白髭公》だろうが、《連盟》の方針を語る上では脇道《わきみち》に逸《そ》れる部分だったので、厳はあえて触れなかった。

「やはり私は、間違っていたんだなぁ……」

　厳からことの詳細を聞いた月影は、溜まり溜まった疲れを吐き出すようにため息をつくと、自嘲するように言った。

「色々日本の未来を憂い動いているつもりでいたが、結局はそんな私が眠っている間にすべてが片付いてしまった。……若い世代を信じずに愚かなことをした」

　そう自分を責める月影に、厳は首をゆっくりと横に振る。

「間違っていたのは貴方だけではない」

「……！」

「戦後、風祭総帥が後の《連盟》《同盟》双方の主要国に提案した、《暴君》を失い抜け殻となった《解放軍《リベリオン》》を必要悪としコントロールすることによる世界情勢の拮抗策。それは戦後の混乱を早期に終息させ復興を始めるには必要なものだった。しかし……我々はもう傷が癒えているにもかかわらず、その支えに縋《すが》り付き続けた。《大教授《グランドプロフェッサー》》も《傀儡王》も、そんな我々の世代の怠惰が生んだ怪物だ」

それは厳自身がエーデルワイスに指摘されたことだ。

現状を維持するために悪を許容してきたその吹き溜まりで、あの者達は力をつけた。

今の体制を続けていればきっと新たな《傀儡王》や《大教授《グランドプロフェッサー》》が生まれてしまう。

ならば、――――と厳は言う。

「こんなことはもう終わりにしなければならない」

その言葉に月影は老化と疲労で垂れた瞼《まぶた》を持ち上げ、驚いた。

「ただでは済まないぞ。厳長官」

「私はもちろん、《白髭公》や風祭総帥ら事情を知る《連盟》《同盟》の要人たちも追及を受けることになるでしょう。事の成り行き次第では《連盟》と《同盟》という枠組みさえも崩壊してしまうかもしれない。それは今の世代が経験したことのない、国家単位で自立しなければならない世界が到来するということだ。大きな混乱は避けられない」

「それでも、すべてを終わらせ明らかにすべきと言うかね？　合理性の怪物である君が」

「合理的に考えるからこそ、この因習は今の世代で……我々の世代で断ち切るべきだと考えます」

頷く厳には、彼自身も驚く程迷いはなかった。

子供のころから叩き込《こ》まれてきた黒鉄家の理念。

侍の時代より日本の伐刀者《ブレイザー》をまとめ上げてきた枠組みを維持し、守ること。

それによって維持される秩序の中にこそ、この国の人々の幸福があると厳自身は信じていた。

しかし、その表面的な秩序、今ある世界の形を保つために野放しにしていた悪がこの度甚大な被害を出し、その始末は新しい世代によってつけられた。

……彼らなら、きっと因習に倣うだけだった自分たちの世代とは違い、自らより良い未来を切り開いてくれることだろう。子供たちの雄姿が厳にそれを確信させた。

ならば、

「頑固な汚れをふき取るのには草臥《くたび》れた古雑巾《ぞうきん》が相応でしょう」

せめて彼らの世代に古い世代の責任を引き継がせないのが、自分たちの役割だと厳は言う。

この厳の主張に月影は、嬉しそうに頷いた。

「ああ……私も同じ考えだ。《連盟》の首脳たちは私から説得しよう。この事実を知らなかった加盟国に累が及ぶことは避けなければならない。一切合切《いっさいがっさい》綺麗《きれい》に片付けて次の世代に引き継ごうじゃないか。せめて、素晴らしき若者たちの脚だけは引っ張らないように」

こうして一輝たち若い世代の活躍により《解放軍《リベリオン》》というシステムの崩壊から始まった混乱は、一応の終息を迎えた。

この後、厳と月影の決意が《連盟》《同盟》という二つの勢力からなる世界構造を大きく変化させることになるが、それは黒鉄一輝を中心とする物語とは別の話である。

エピローグ　憧れを背負うということ

七星剣武祭《しちせいけんぶさい》から始まり、ヴァーミリオン戦役、世界中の犯罪者の脱走、九州で起きた《大炎《たいえん》》による災害、そして《同盟》の侵略。

目が回るほどにいろいろなことが起きた夏が過ぎ去り、暦は10月。

破軍《はぐん》学園の二学期はまだ始まっていない。

上記の戦いは学生たちも多くが前線に出た。

彼らの心身のケアを考えて、夏休みが一カ月ほど延長されたのだ。

だからほとんどの生徒は親元に帰り、学園は静まり返っている。

そんな中、黒鉄《くろがね》一輝《いっき》は一人自主トレに励んでいた。

「ふっ……！　ふっ……！」

広い学園の外周をぐるりと回るいつものランニングコースを経て、校内へ。

そして校内の一角で剣の素振りを行う。

あのあと無事ステラの身体からサルベージされた一輝だったが、こうして動けるようになるまでには二週間ほどを要した。

《覚醒超過》による強引《ごういん》な成長で体の至る所が歪《いびつ》になっていたためだ。

珠雫《しずく》のケアのおかげで随分と動けるようにはなったが、未《いま》だに以前の肉体の感覚とはズレる部分が多い。完調にはしばらくかかるだろうと一輝は見立てていた。

「でも……こうやって一人でトレーニングするのも久しぶりだな」

汗をぬぐいながら、一輝は懐かしむ。

昔は一人が当たり前だった。

自分の価値を諦《あきら》めることの悔しさを捨てない。

そう心に決めて、騎士の道を志した日からずっと、彼は一人で積んできた。

自分自身以外に、自分の価値を信じる誰《だれ》かが傍《そば》にいなかったから。

しかし……今はそうではない。

思えばあの頃からいろんなものが変わった。

すべての始まりは、やはりあの日――――ステラと出会った日からだ。

あの日もこうして日課のランニングをした後、シャワーを浴びに自室へ戻った。

そこで一輝は運命の出会いをしたのだ。

「あれはびっくりしたよなぁ……」

自分の部屋に見知らぬ下着姿の女の子がいたのだから。

しかも目も眩《くら》むほどに綺麗《きれい》な。

あの時はらしくもなくパニックになった。

どうしたらいいかわからず混乱して口走ったのが、

『僕も脱ぐからおあいこってことにしよう！』

……よくこんな男を好きになってくれたものだ。

改めて振り返ると自分の錯乱っぷりに頭が痛くなる。

そして結局そのあと部屋の所有権を巡って口論になって、最終的には騎士らしく剣で話をつけようという運びになった。

「……そういえば第三訓練場はこの近くか」

思い出を振り返る一輝の脚は、自然とそこに向かう。

破軍の広大な敷地内にある訓練場の中でも最も大きなサイズのリングを有する第三訓練場は人気のトレーニング施設で、普段は多くの生徒が利用しているが今は誰もいない。

一輝は無人のリングを見つめ、当時のことを思い出す。

その情景は今もなお鮮明に思い出せる。

（あの戦いは……情報量の差が勝敗を分けた）

《紅蓮《ぐれん》の皇女》ステラ・ヴァーミリオンは当時からAランクに分類されていた名うての騎士だった。故にその戦闘スタイルや伐刀絶技《ノウブルアーツ》の情報は豊富に存在し、一輝ももちろんその多くを知っていた。

だが一方、Fランクという本来は破軍学園に入学も出来ない水準の《落第騎士《ワーストワン》》黒鉄一輝の情報など、この世のどこにも存在していなかった。当然異国から引っ越してきたばかりのステラが一輝がどんな騎士なのかを知ることは不可能。

完全な実力勝ちというわけではない。

しかし、それでもFランクの落第生がAランクの転校生を下したという事実は、春休みなのもお構いなしに学校中に、それこその年の新入生にまで知れ渡った。

それは《落第騎士《ワーストワン》》黒鉄一輝が初めて日の目を見た瞬間だった。

「……別に誰かに評価されたくて続けてきた努力じゃなかったけど、ああやって皆に褒められるのは悪い気分じゃなかったよなぁ」

自分だけ落第生という環境は当初気の重いものだったが、始まってみれば楽しい一学期だった。

離れ離れになっていた珠雫とも再会できたし、アリスという少し変わり者ではあるが気のいい友人にも恵まれた。

ステラとの生活も最初こそ一国の姫と相部屋という緊張感にギクシャクしたものの、ステラ自身とてもはっきりと思ったことを口に出す性格だったので、変に気を回すようなこともなくなり、気の置けない関係になるまで時間はかからなかった。

だけど、……すぐに試練はやってきた。

黒鉄一輝がFランクでありながら魔導騎士になるための——すなわちこの学園を卒業するための単位を得る条件、《七星剣王《しちせいけんおう》》になるという理事長・新宮寺黒乃《しんぐうじくろの》との約束を果たすための戦いが始まってすぐのことだ。

「よりにもよって一戦目から引くかね。我ながら……」

一輝は自分のくじ運の悪さに苦笑する。

《七星剣王》になるためにはまず《校内選抜》を勝ち抜き、《七星剣武祭代表選手》に選ばれる必要がある。その大切な戦いの第一戦目で、一輝は最悪な相手を引き当てた。

《狩人《かりうど》》桐原静矢《きりはらしずや》。元一輝のクラスメイトで、多少の因縁もある相手だ。

まあその因縁の部分は大した問題ではないのだが、この男との能力相性が一輝にとっては大問題だった。

何しろ桐原の武装は弓であり、能力は《ステルス》だ。

この能力は自らの存在はもちろん自身の攻撃である矢の存在すら、知覚できなくする。

ステラのように広範囲を攻撃出来る伐刀絶技《ノウブルアーツ》を持っているなら大して問題にはならないが、剣の間合いでしか戦えない一輝にとっては、《落第騎士《ワーストワン》》から《無冠の剣王《アナザーワン》》を経て《七星剣王》となったその彼のキャリアの中でもとりわけ苦戦を強いられた相手だった。

「あの時……気持ちが折れかかった時、ステラに叱咤《しった》されてなかったら、この『今』も変わっていたのかもしれないいな」

だがどうにかこうにかその難敵を倒した後は、比較的楽に勝ち進むことが出来た。

二年生を代表するBランク騎士・《速度中毒《ランナーズハイ》》兎丸恋々《とまるれんれん》とぶつかることもあったが、彼女はどれだけ早く動こうと結局は拳の間合いで戦う騎士だ。間合いに入ってくるなら読みの速さでどうとでも対処できる。

「確か丁度そのころだったっけ。彼と戦ったのは」

貪狼《どんろう》学園の三年で、前年の七星剣武祭ベスト8に残った騎士。

《剣士殺し《ソードイーター》》倉敷蔵人《くらしきくらうど》。

破軍学園の三年である綾辻絢瀬《あやつじあやせ》に助太刀する形で彼と野良試合を行った。

絶対的な反射神経を駆使した獰猛《どうもう》な剣技で烈火の如《ごと》き攻勢を掛ける蔵人に対し、一輝は絢瀬とのトレーニングや選抜戦を経て盗んだ彼女の剣——《綾辻一刀流》が行き着くだろう奥義を模倣し、これを倒した。

もっとも、蔵人が一輝の前で膝《ひざ》を屈することはなかったが。

この戦いは選抜戦とは関係のない盤外戦ではあったが、一輝にとっては七星剣武祭上位勢のレベルの高さを肌で感じるいい経験になった。

「……盤外戦といえば、あれはきつかったなぁ……」

《落第騎士《ワーストワン》》がたどってきた道程をたどると必ず思い出される事件。

黒鉄本家——一輝の父であり《連盟日本支部長官》黒鉄厳《いつき》の意向により、七星剣武祭出場を目指す一輝へ圧力がかかった一件だ。

ステラと引き裂かれ苦しく孤独な戦いを強いられたあの時間は、思い出すのもつらいものだった。それがたとえ厳なりの親心からくるものだったとしても。

だがこれはつらい思い出であると同時に、黒鉄一輝という人間が大きく成長するきっかけにもなった。

校内選抜最終戦。ボロボロになって戻ってきた学園で自分を待っていたあの光景を、永遠に忘れることがないだろうと一輝は断言できる。

友人や自分を慕ってくれる学生たちの声援。

一年前は何も持っていなかった、誰にも見向きもされなかった《落第騎士《ワーストワン》》が、あんなにも多くの人に応援される立場になっていた。

あの瞬間ほど、重ねてきた時間の意義を実感した瞬間は無い。

その期待に、その信頼に、その憧《あこが》れに、――――応《こた》えられる自分で在りたい。そう思った時、ボロボロだった体に力が湧《わ》き上がってきた。

それはきっと……独りのままでは得られることのなかった力だ。

その力ごと自分自身のすべてを一刀に込めることが出来たからこそ、あの《雷切《らいきり》》を打倒することが出来たのだ。

……あの勝利は、とても誇らしいものだった。

そしてその誇りは、黒鉄一輝の中で一つの決意となった。

心のどこかで離れ切れていなかった父から巣立ち、一人の騎士として生きること。

皆が、ステラが愛してくれた《落第騎士《ワーストワン》》としての騎士道を真っすぐに歩むことを。

だからその決意を言葉にしたんだ。

誰が何を言おうとこの道を譲らないという覚悟を。

大好きなステラに、誰はばかることなく想《おも》いを伝えることで。

それをステラは……本当に嬉《うれ》しそうに受け入れてくれた。

「…………」

ステラに出会ってから多くのものを得た一輝だが、一番大きなものはやはり、最愛の好敵手であるステラとの関係だろう。

あのときはまだ二人だけの約束だったプロポーズも、七星剣武祭やヴァーミリオン戦役を経て互いの両親にも認められるものになった。

もはや二人を隔てるものは何も無い。

つまり、――頃合《ころあい》いだ。

(だから僕たちは――)

「あっ、先輩じゃないですかー！　おはようございまーす！」

そのときだ。

よく知るクラスメイトの声が彼を呼んだのは。

◆◇◆◇◆

「日下部《くさかべ》さん」

パタパタと手を振りながら走り寄ってくるピーチブロンドの小柄な少女。

同じクラスの友人、日下部加々美《かがみ》に一輝も手をあげて挨拶《あいさつ》を返す。

「どうしたんですか先輩？　こんなところで黄昏《たそがれ》ちゃって。まだ朝ですよ？」

「……ステラと出会ってからのことを色々思い出しちゃって」

「あー。そういえば初めて模擬戦やったのここでしたね。《剣神》黒鉄一輝と《紅蓮の皇女》ステラ・ヴァーミリオン運命の邂逅《かいこう》！　生で見ることが出来なかったのはジャーナリストとして一生の不覚……ッ！」

チャームポイントの眼鏡《めがね》の奥に涙を浮かべながら悔しがる加々美の言葉に、一輝は少し表情を引きつらせた。

「その、《剣神》ってのはやめてほしいな。名前負けが過ぎるよ……」

《黒騎士》アイリスをヴァーミリオン戦役で倒して以来、一部からそう呼ばれているのは一輝も知っていたが、面と向かって言葉にされるとむず痒《がゆ》いなんてものではない。

しかし加々美には「いやいや何をおっしゃいますやら」と却下された。

「《七星剣王》になっただけじゃなく、ヴァーミリオンに日本と続けざまに国の危機を救った英雄なんですから。そりゃ大仰な二つ名も付こうってもんですよ。これはもう先輩自身が慣れていくしかないことです。……ふぁぁ」

ふと大きな欠伸《あくび》をする加々美。

よくよく見てみれば、化粧で隠しているが目の下には隈《くま》があった。

「随分眠そうだね」

「えへへ……。最近徹夜続きなもので。何しろいろいろありすぎて壁新聞電子版の特別号がもう追いつかないこと追いつかないこと」

なるほどと一輝は納得する。

彼女は破軍学園の新聞部員で、世の中はこの情勢だ。伝えるべき事件や情報は日々数えきれないほど出ており、夏休み中なので掲示板に張り出す壁新聞という形では活動していないが、生徒手帳を通して見ることが出来るアプリ版壁新聞は毎日更新されている。

多忙を極めるのも無理のないことだ。

「部員もほとんど実家に戻っちゃいましたから、伐刀絶技《ノウブルアーツ》使って自分を増やして何とか回してるんですけど。昨日ついに働かせすぎた自分に『やろうぶっころしてやる』ってキレられて自分同士で争いになりました」

「あ、あんまり無理しちゃ駄目だよ」

「いやいや、ここは無理のしどころですよ。いいニュースも悪いニュースも、伝えなければならない情報は山のようにありますからね。特に今回の戦争で大活躍だった学生騎士の今後なんかは、皆注目していますからねー。にひひ」

自分を見上げる加々美の表情に一輝は含みを感じる。

学生騎士の今後、というワードに思い当たることが一つあったので一輝は尋ねた。

「……あれ。もしかしてもう知ってる？」

これに加々美はもちろんと頷《うなず》く。

「はい。改めまして黒鉄先輩。そしてステラちゃんも。二人そろって来年度からのＫＯＫ・Ａ級リーグ飛び級デビュー内定、おめでとうございますー。ぱちぱちぱちぱちー」

やはりだ。

加々美の言う通り、先日二人の下へ《連盟支部》から内々にその通達があった。

ＫＯＫという連盟加盟国の魔導騎士が腕を競い合うこの世界で最も注目度の高いリーグ戦。

その最高峰であるA級リーグに参加するには二つのルートがある。

一つはそれぞれが所属する国の国内《ナショナル》リーグで優勝すること。

もう一つは、加盟国のうち三つの国から推薦を受けること。

この二つの内、後者は国を超えての活動実績が必要になるため難しい条件なのだが、ヴァーミリオン戦役と東京湾決戦で著しい活躍をした一輝は、ヴァーミリオン、フランス、そして日本からの推薦を得、これを満たしたのだ。そしてステラもヴァーミリオン、日本、そしてクレーデルランドからの推薦を受け、二人同時にA級リーグの有資格者となった。

「まだ表には出回ってないはずなんだけどなぁ」

「えっへっへ。かがみんネットワークをなめちゃいけませんぜ旦那。ナショナルリーグをすっ飛ばしてA級リーグデビューは異例の大出世ですけど、先輩とステラちゃんなら妥当ですよね。まああのお父さんが先輩に推薦を渡したのは意外でしたけど」

「お前たちが好き勝手暴《あば》れると学生騎士の切磋琢磨《せっさたくま》を目的とした《七星剣武祭》の主旨が崩れるって言われたよ」

「だからレベル帯の合った舞台で暴れろと。事実上の出禁というわけですね」

「まあそうともいえるのかな……」

とはいえ、一輝も今現在の自分やステラの能力が学生レベルの大会に合っていないことは、流石《さすが》に自覚している。

七星剣武祭の舞台に思い入れがないわけではないが、新たな領域へと進めることは素直に喜ばしかった。

「あ、そうだ。A級リーグというと、これはまだガチのオフレコなんですけど、三日前目を覚ました新宮寺理事長がA級リーグへの復帰手続きをしたんですよ」

「……！　本当に？」

「意外ですよね。あの人はもう家庭人として落ち着く気なんだと思ってました」

それは一輝も同じだったので、この知らせには驚いた。

《世界時計《ワールドクロック》》新宮寺黒乃にはかつて世界三位にまで至りながら、出産を契機にその地位を捨てて引退した経緯があるからだ。

「戦争で血気が戻ってきたんですかね？　私は東京湾での防衛戦で理事長の傍に居たんですけど、いやぁあれはもう人間じゃないですよ。実質あの防衛戦はあの人一人で押し返したみたいなものだし」

「僕も直接は見てないけど、話には聞いてるよ」

東京湾で米軍の侵略を押しとどめる戦いは、《空飛ぶ提督》の戦艦型霊装《デバイス》《エンタープライズ》と《超人》のクローンからなる超能力戦闘部隊《サイオン》の投入で一度敗北しかけた。

それを黒乃が自らの《時間操作》の能力で、同一時間軸上に連続で過去介入を繰り返し、疑似的に自分自身の数を増やす伐刀絶技《ノウブルアーツ》《三千世界》で押しとどめたのだと。

「しかもそれを聞いた寧音《ねね》先生がまたスイッチ入っちゃってヤバいですよ。あの人大のトレーニング嫌いでここのところはA級リーグのモチベーションもそんなに高くなかったのに、訓練場にこもりっぱなしで」

「……でも気持ちはわかるかな」

二人は学生時代からの因縁のライバルだ。

その関係は自分とステラのものに近い。

ずっと前にもう叶《かな》わなくなったと思っていた憧れへの挑戦が再び叶うとなれば、居ても立ってても居られないのは当然だろう。

「その二人以外にも、A級リーグは正真正銘《連盟》最高峰の騎士が集まる場所だ。そこに割って入るのは、生半可なことじゃないだろうね」

特に世界一位にして《国際魔導騎士連盟》の盟主、《白髭公》アーサー・ブライト。

齢《よわい》80に迫る高齢ながら、KOK・A級リーグ発足以来、すべてのリーグ戦に参加し、一位の座を守り続けている生きた伝説。《連盟》という巨大な組織を支える大黒柱を相手に、今の自分が果たしてどこまで通用するだろうか。

「と言いつつも不安そうな顔はしないんですよね。先輩って人は」

「……やってやれないことはないさ」

もちろん不安も畏怖もある。

しかし全く勝ち目のない相手だとは思っていない。

例えば件《くだん》の大技《三千世界《ノウブルアーツ》》。

あれは確かに強力な伐刀絶技だが、あれは厳密に戦力が増えているわけではない。一人目をしっかり倒してしまえば、繰り返しの連鎖はそこで途切れるはずだ。

どんな相手にも、どんな強力な能力にも、やりようはある。

「僕は相手の方が強い戦いには慣れてるしね」

今の自分と自分のスタイルがこの世界のトップ帯でどこまで通用するか。

一輝は不安以上にそれを試すのが楽しみだった。

そんな感情を表情に出した瞬間、加々美がすかさずスマホのシャッターを切る。

「『A級リーグ、語るに及ばず！』　超新星《剣神》黒鉄一輝、不遜な笑み！　これはバズるぞー！」

「あれぇ⁉　自分でオフレコって言ったくせに⁉　やめてやめて！」

慌てる一輝を見て加々美は楽しそうに笑う。

「あはは。冗談ですよぅ。……でも先輩はホント足を止めない人ですね。これじゃあ追いかける人たちは大変だ」

「追いかける人？」

「ええ。何しろ来年からは今年の《七星剣武祭》で先輩に煮え湯を飲まされた現三年生が国内《ナショナル》リーグに上がってくるわけですからね。その中には九州で《大炎》を倒した功績で一気に名を挙げた我が破軍の《雷切》東堂《とうどう》会長や貪狼の《剣士殺し《ソードイーター》》倉敷さんもいます。先輩みたいな特例を除いて、A級リーグへの挑戦資格の王道路線は国内リーグでチャンピオンになること。二人とも先輩へのリベンジに燃えてますからね。来年は国内も注目度高いですよー」

「九州のあれか。すごい活躍だったって聞いてるよ。その二人に加えて諸星《もろぼし》さんも。確かにあの三人が一斉に加わると国内リーグのレベルも相当高くなるね」

あの三人の強さは一輝自身も身をもって知るところだ。

今現在の国内リーグで、あの三人と渡り合えそうな騎士は……一輝の視点からでは見当たらない。現三年生がデビュー初年度からいきなり上位を独占することもあるのではないだろうか。

一輝がそう考えていると、加々美は驚いたように言った。

「あ。その感じだと先輩は諸星さんのことは知らないんですね」

「え？」

「実は元《七星剣王》の諸星さんは、国内リーグに登録してないんですよ。少し前は中国の《闘神リーグ》への出場がささやかれてたんですけど、そっちでもなくて、防衛大学に進学することにしたみたいです」

「大学に……⁉」

諸星の意外な進路に一輝は目を丸くして驚く。

騎士学校から防衛大学に進むということは、《連盟支部》の官僚になることとイコールだからだ。それは魔導騎士という職種が歩む中では一番のエリートコースである。

こう言っては失礼かもしれないが、それは諸星という男のイメージからは遠いものだった。

「意外だな。あの諸星さんが官僚を目指すなんて……」

「そこなんですけど、どうも私が調べたところ、《連盟日本支部長官》――つまり先輩のお父さんが直接武曲《ぶきょく》学園に出向いて説得して、推薦状も書いたそうなんですよ」

「父さんが⁉」

「……長官がどういうつもりで諸星さんを推薦したのか、そのあたりの事情を先輩から聞きたいなーと折を見て探りを入れるつもりだったんですが、その様子だと何もご存じないみたいですね」

一輝は初耳だと答える。

そもそも厳との関係は、サラ・ブラッドリリーのおかげで以前よりはまともになったとはいえ、やはり良好とまでは言い難《がた》い。そんな仕事の話を厳が一輝にするわけがないのだが、

「でも……なんとなくわかる気がするな」

「長官が諸星さんを推薦した理由ですか？」

「うん」

一輝は思い出す。

前年度《七星剣王》として七星剣武祭初戦で自分の前に立《た》ち塞《ふさ》がった大きな壁。

諸星雄大《ゆうだい》という騎士について。

槍《やり》使いとしての技量の高さに加え、本来は破損させることが困難な霊装《デバイス》を破壊出来る能力を持つ彼は、とても強力な騎士だ。

しかし一輝が思うに諸星の最も特筆すべき強さは、そういう技量や能力ではなく、精神面のタフさだ。

列車事故に巻き込まれ、再起不能、日常生活も困難と診断されるほどの大怪我《けが》を負いながらも、声を失った妹のためにすべてを克服し復帰した経歴。地元住民からの絶大な期待を真っすぐに受け止めつつも自然体であり続ける器の大きさ。

彼はいつだって自分自身のするべきことをしっかりと見据えていて、あらゆる状況で揺らぐことがない。その時々のモチベーションに左右されない地に足の着いた強さを持っている。

「諸星さんには周囲を安心させる頼もしさがある。それはただの騎士というよりは人の上に立って人をまとめる将の資質だ。父さんは彼のそういう強さに気付いたんだろうね」

「なるほど。……確かに、あの人たちのやろうとしていることを考えれば後任を育てるのは急務か」

「うん？　何か言った？」

「いえ、別に」

はっきりと何かをごまかされたと一輝は感じたが、追及しなかった。

加々美が露骨に口を閉ざすということは、先ほどの理事長の話とは違い、本当に公言出来ないことだろうから。

「まあそんな感じで国内リーグは熱いわけですが、来年の《七星剣武祭》だって負けてませんからね。なんと言ってもあの人の参戦が決定しましたから」

「あの人って？」

「今や世界有数の騎士となった《落第騎士《ワーストワン》》と準決勝で戦って、一度は死の淵《ふち》まで追いやった暁学園の一年、《凶運《バッドラック》》紫乃宮天音《しのみやあまね》ですよ！」

その名を聞いて一輝は「あれ？」と首を傾《かし》げた。

「確か彼は謹慎処分じゃなかったっけ？」

天音は前回の《七星剣武祭》で大会運営にさえかかわる重大な反則を犯した、謹慎と保護観察処分となった。

しかしそれは一輝がヴァーミリオンに発つ前のこと。

彼がヴァーミリオンに向かった後、状況は変化した。それを加々美は補足する。

「《傀儡王《かいらいおう》》が仕掛けた犯罪者の一斉脱走を収拾するのに全面的に協力して、大きな成果を上げたので恩赦になったんですよ。新学期から巨門学園に再入学するみたいです」

「そういうことか。確かに彼の能力はそういう仕事に向いていそうだ」

「日本がほかの国に先駆けて大脱獄を収拾できたのは偏《ひとえ》に彼のおかげですからね。本人も反省しているようなので、もう一度チャンスをという話になったみたいです。観察処分は残ったままですけどね」

《凶運《バッドラック》》紫乃宮天音の能力《過剰なる女神の寵愛《ネームレスグローリー》》は誇張なく、願いを叶える能力だ。

それはこの世のあらゆる因果に作用し、様々な偶然を経由して最終的に彼の望みが叶うように事象が巡る。

その性質上、《運命》の外側に存在する《魔人《デスペラード》》には通用しないが、《魔人《デスペラード》》は世界でも非常に希少な存在。日本に収監されていた犯罪者たちも《大炎》を除き《魔人《デスペラード》》は一人も存在しなかったので、天音の能力をもってすれば捕らえるのは容易だ。

「彼ももう試合の外で能力を使うようなことはしないだろうし、リングという限られた空間の中でどういうスタイルを確立するのか。確かに楽しみだ」

一輝自身が準決勝のリングの上で体験した『ラッキーヒット』による理想の太刀筋や行動選択。さらにはこちらのエラーを誘発する因果干渉。

一輝は途方もない鍛錬による行動の即時最適化でこれを押し切ったが、誰にでも出来る芸当ではない。天音の戦闘スタイルは突き詰めて修練すれば強力な武器になるだろう。

そうなった姿をぜひ見たいと、一輝は思った。

それにしても、あれだけ大きな事件がありつつも、かつて剣を交えた好敵手たちが新しい明日へと歩みを進めている話を聞くのは、とても嬉しい気分だった。

「ありがとう日下部さん。いろいろ皆のことを聞かせてくれて。なんだか聞いているだけで負けてられないなって、元気が出てきたよ」

「本当ですか?」

「僕は噂《うわさ》話には疎《うと》いから、こうして話してもらわないと知る機会もないからね。情報通の友達がいてよかった」

一輝がそう感謝すると、加々美は本当に嬉しそうに顔をほころばせた。

「えへへ。そう言ってもらえると、記者冥利に尽きます。その元気が私が記者をやっている理由そのものですから」

「……そうなの？」

加々美は力強く頷く。

「あれだけ大きな事件が立て続けに起きて、町はまだ壊れたままだし、大切なものや人を失って立ち直れていない人たちもたくさんいます。だけど壊れてしまった過去を振り返るばかりじゃいつまでも辛《つら》いままじゃないですか。だから私は伝えたい。たくさんの人に届けたいんです。痛ましい事件を乗り越えて、明日に向かって歩き出している人たちがいる事実を。その姿はきっといろんな人の希望や勇気、元気になるって信じてますから」

そう自らの信念を語る加々美の瞳《ひとみ》。そこに宿る意志の炎は、一輝が刃を交えてきたライバルたちがその瞳に燃やしていたものと同じように、眩《まばゆ》く輝くものだった。

戦うだけが騎士の在り方ではない。

加々美もまた己《おのれ》の一命を賭《と》すに値する、彼女なりの騎士道を歩んでいるのだ。

「でも、中でもとびっきりの目玉ニュースはやっぱり、週末のビッグイベントですけどね。当日はいい写真いっぱい撮りますから、楽しみにしててください」

「うん。ありがとう。楽しみにしてるよ」

◆◇◆◇◆

加々美と立ち話を終えた後、一輝は待ち合わせの時間が近づいてきていることに気づき、小走りで寮の自室に戻った。

ステラと共に半年を過ごした部屋。しかし一週間ほど前からステラは先に目的地に発ったので誰もいない。

無人の部屋で一輝は手早く汗に濡《ぬ》れたトレーニングウェアを脱ぎ捨てると、軽くシャワーを浴び、身ぎれいにする。そして制服ではなく私服に着替えると、玄関にあらかじめ用意していたキャリーケースを摑《つか》んで外へ。

校門ではもうすでに迎えのハイヤーが一輝を待っていた。

一輝は遅刻したわけではなかったが、待たせてしまったことを詫《わ》びながら迎えの車に乗る。

向かった先は羽田空港。ハイヤーはエグゼクティブゲートから直接滑走路内に通され、一般のターミナルとは異なる一角でエンジンを温めていた小型ジェットの前に停車する。

尾翼に刻まれているのはヴァーミリオン国旗。

ヴァーミリオン皇室のプライベートジェットだ。

そのジェットに乗って目指す先は当然ヴァーミリオン皇国。

道中、飛行機の中で一輝は加々美の言葉を思い出す。

ビッグイベント。

確かにそうだと思う。この週末にヴァーミリオンで行われるイベントは、自分とステラの人生にとって非常に大きなものだ。

否応なく緊張し、一人の夜は眠ることなど出来なかった。

やがて一夜の道程を経てヴァーミリオンの大地に降り立つ一輝。

彼を迎えるのは北欧の乾いた風と、快晴の空から照り付ける日差し。そして、
その日差しを受け眩く輝く純白のドレスに身を包んだ、最愛の少女だった。

「遅いわよ！　イッキ！」

機能性の一切《いっさい》を度外視し、その細部に至るまで一切の妥協をなくし、ただただその日、世界で最も祝福されるべき女性を美しくするためだけに作られた衣装。

ウエディングドレス。

そう。この週末、ヴァーミリオンの王城で一輝とステラの二人は結婚式を挙げることになったのだ。

当事者二人としては、学業を修了してから挙式をするつもりだったが、二人の両親であるヴァーミリオン国王と王妃、そして厳がいつの間にか話を進めてしまっていて、二人の下に話

が上がってきたときにはすでに日程を詰める段階だった。

風の噂では、辣腕で鳴るヴァーミリオンの実質的な頭脳アストレア・ヴァーミリオンが、フランスや他所の国が一輝に手を伸ばす前に身内にしようとしたとか。

まあその真偽はともかく、二人にとって大切なイベントを二人を抜きに語られてはたまらない。流石に温厚な一輝もこれには強いトーンで抗議する、も——

『数カ月前に公衆の面前でプロポーズまでしておいて何をいまさら』

『ワシの大事な大事なステラとの結婚を、渋々、渋ッ々ながらも認めちゃる言うとんのに、なんぞ文句でもあるんかワレ？』

父親二人にそう言われてぐうの音も出なくなったのだった。

一輝が公開プロポーズをしたのは事実だし、相手は一国の皇族。一輝としても半端《はんぱ》なことなど今更許されるわけがないし、ステラとしても皇族として軽率な振る舞いをするわけにはいかない。

ヴァーミリオン戦役で一輝がシリウスとの約束を果たし、婚姻を認めさせた以上、状況はもはや待ったなしだったのだ。

それは改めて考えてみれば当然のこと。理は完全に親達の側にある。

それに今更時間を置く理由もないといえばない。

互いの心はもう決まり切っていたのだから。

卒業を目安に考えていたのは、自分たちはまだ学生だからという固定観念のようなもので、互いに元服を済ませている以上、好き合う二人が結婚することは当たり前のことだ。

故に一輝もステラも最初は親達主導のこの動きに憤慨していたが、すぐに納得。二学期が始まる前に、ヴァーミリオン皇国で挙式の運びとなったのである。

「ど、どうかしら。これね、ママが使っていたものをモデルに作ってもらったんだけど。……似合う？」

「――うん。すごく綺麗だ」

窺《うかが》うような上目使いで感想を聞くステラに、一輝は飾らずに気持ちのまま答えた。

正直な話、一輝はステラという少女に出会った瞬間から今に至るまで、彼女のことを綺麗と思わなかったことなど一秒もない。

それでも、今日のステラは特別に美しく見えた。

陽光を受けて真珠のような輝きを放つドレスに、ステラの紅蓮の髪がよく映えて、……なんだか寓話《ぐうわ》に出てくる妖精《ようせい》や女神のようで、現実感が乏しくなる。

本当に、こんな綺麗な子と結婚出来るのかと。

「……隣に立つのを気おくれしそうになるよ」

自分がこの美しい少女の隣に立っている姿を想像し、釣り合いのとれなさに苦笑してしまう。

だがそんな自嘲にステラは「むっ」と眉《まゆ》を立てた。

そしてやや体当たり気味に一輝の胸に飛び込むと、素早く腕に手をまわし、

「何をいまさらとぼけたこと言ってんのよ」

唇を尖《とが》らせながら、叱るような口調で言う。

「あんな大勢の前でプロポーズしておいて。今更気おくれしても遅いんだから。……それに、パパもママもルナ姉や国のみんなだって、イッキがすごいこと知ってるんだからね。他でもない貴方《あなた》が自分で認めさせたんじゃない。いい加減イッキも、自分のことを認めてあげなさいよ」

「――――――」

……………ああ、そうか。

言葉にされて、一輝は今更ながらに気づいた。

自分が、黒鉄一輝という人間を認めることに否定的な事実を。

自分の実力も、自分が挙げてきた成果も、客観的に評価できているつもりではあった。

自分の価値を真っすぐに信じてはいた。

だけどその反面、よくやったと自分を認めたことはなかった気がする。

……そうすることを心のどこかで恐れていたのだ。

足りないこと。至らないこと。飢えていること。――それらが満たされてしまうことを。

なぜならそれら暗い感情こそが、自分を諦めないという《落第騎士《ワーストワン》》にとっての最初の原動

力だったから。

だから無意識にずっと言い聞かせてきた。どれだけいろんな人たちが認めてくれるようになっても、自分は未熟だ。未完成だ。もっともっと努力しなくては、と。

(だけど、そういうのは終わりにしないといけないのかもな)

上を目指すことはいい。向上心は大切だ。

しかしその原動力として、暗い感情を使うのはもうやめるべきだ。

ステラに自分自身の暗い部分を指摘され、一輝は思い直した。

だって……今の自分はあの冬の日に泣いていた頃の自分ではない。

最愛の少女が、妹が、友人が、親たちが、たくさんの人々が、今まで拙いなりに頑張ってきた黒鉄一輝を信じ、慕って、憧れてくれている。

そんな彼らの気持ちに応えたい。彼らが自慢できる騎士になりたい。

成っていきたい。心からそう思う。だから、
今日この瞬間を以《もっ》て、――《落第騎士《ワーストワン》》の物語は終わりにしよう。

「うん。そうだね。そのとおりだ」

一輝が言葉で反省を示すと、ステラは不機嫌な表情を引っ込めて嬉しそうに笑った。

それから彼の手を引いて走り出そうとする。

「じゃあ行きましょう。もうサラがお城で待ってるわ。着替えたら一緒にポートレートを描いて貰《もら》うから。それが終わったらあの人と一緒にウエディングケーキの最終確認ね。アタシ達の意見も取り入れたいからって待ってくれてるのよ」

「うん。わかった」

「あっ！　それとね、さっきフィーアからやっと返信が返ってきたの！　『ちゃんと顔出すから分単位でライン入れるな』って怒ってたけど、既読スルーしようとするアイツが悪いのよ。今度こそあの頑固者を口説き落とすんだからイッキも一緒に説得してね」

「わかってるよ。……だけど」

「イッキ?」

一輝は自分を連れて走り出そうとするステラに抵抗するよう立ち止まる。

そして、言った。

「今日くらいはゆっくり歩いて行こう」

たくさんの人たちが自分の行く道を祝福してくれている。

それに応えたいとも思う。

だから自分もステラも、変わらず己の騎士道を真っすぐ駆け抜けていくだろう。

自分自身や、自分に憧れてくれる人々に誇れるように。

だけど――、それは明日からにしたい。

今は、ようやく自分の頑張りを真っすぐ認められた喜びを噛《か》みしめたいのだ。

必死に生きて、努力して、這《は》いずりながらも前に進み続けた《落第騎士《ワーストワン》》の物語の果てに、

確かにあったかけがえのない宝物。勝ち得た愛おしいたった一人との時間を。

これにステラは、はにかみながら歩みを止めた。

そして今度は寄り添うようにゆっくりと一輝の隣に立ち、改めて腕に手をまわす。

重なる二つの影が、同じ歩幅で同じ方向へ進み始める。

今日だけは、ゆっくりゆっくりと。

二人が共に歩む先には、二人の未来にも似た、どこまでも広がる抜けるような青空が広がっていた。

あとがき

『落第騎士の英雄譚《キャバルリィ》』19巻ご購読ありがとうございます。作者の海空《みそら》りくです。

この巻を持ちまして本作品は最終巻となります。思えば1巻が発売された２０１３年から10年の月日が経《た》ちました。長かったような、あっという間だったような、でも間違い無く充実した10年間でした。

この作品はラノベ作家海空りくにとって三作目の作品で、当時のラノベ業界では三作目までにヒットが出せなければ厳しい立場になると言われていました（これは受賞した後、一番最初の顔合わせで担当編集さんに言われました。逆に三作目までは私が面倒見るとも）。つまり自分にとっては正念場の作品だったわけです。

もしかしたらこれが最後になるかもしれない。だったらちゃんと今の流行《はや》りは追いかけつつも、思いっきり好きなものを詰め込んだ作品を作ろう。

そう決めて、当時流行だった学園異能バトルにピンヒロインという自分の好きな形式を取り入れ、なおかつヒロインをただのヒロインではなくラスボスに据え、恋愛でもバトルでも徹底的にこの二人の関係性をフォーカスする『異能バトルでスポコンを！』というテーマで取り組むことにしました。そうして生まれたのが本作でした。

今思えば正念場のくせにすげー博打《ばくち》したな自分、って感じです（笑）。ピンヒロイン物はハーレム全盛期だった当時の流行とは真逆でしたし、そのヒロインが刺さらなければサブヒロインでリカバリーすることが出来ないという形式的な弱さも抱えていますから。

ただすべてのページを一人のヒロインに使えるという強さは確かに存在し、それはちゃんと発揮出来たと思います。結果的に成功を出すことが出来、漫画化され、アニメにもなり、この作品には本当にいろいろ得難《えがた》い経験をさせてもらいました。

今の海空りくはこの作品無しではありえなかったと断言できます。すべてはこの作品を愛し支えてくれた読者の皆さんのおかげです。ありがとうございました。

それでは最後になりますが、この作品に携わってくださった方々への感謝を述べさせていただこうと思います。少し長くなりますがご了承ください。

この作品に毎巻素晴らしい絵をつけてくれた絵師のをんさん。長い間お世話になりました。自分がをんさんを初めて知ったのは、同じGA文庫作品である『小手鞠荘は末期です。……詳しく。』という作品で、表紙を見た時「なんてかわいくてエッチな絵なんだ！」と衝撃を受けました。だからステラの造形を決め、この作品には最高のおっぱいが必要だと思った時、是非をんさんにお願いしてください、と当時の担当だった小原《こはら》さんに電凸したのを今でも覚えています（笑）。

　をんさんのカッコよくもかわいらしく、なによりエッッッッッ！！！！なイラストがなければこの作品は成り立ちませんでした。本当にありがとうございました。

次にGA編集部の皆さんにも感謝を。自分をデビューからずっと担当して、落第騎士の立ち上げにも尽力してくれた小原さん。そして小原さんから編集を引き継ぎ最終巻を作ってくれた田中《たなか》さん。この作品のメディア展開に尽力してくださった編集部の皆さん。大変お世話になりました。おかげさまで無事、作品を完結させることが出来ました。ありがとうございます。

メディアミックス関係では外部の方々にもたくさん助けてもらいました。
コミカライズを担当してくださった空路《そらみち》先生とSQの皆さん。ありがとうございました。アニメは三巻までのエピソードで終わりましたが、コミックでその続きである四巻のエピソードまでやっていただき、楽しく読ませていただきました。珠雫《しずく》は敵に回してはいけない（戒め）。
アニメの制作委員会と、アニメを実際に作ってくださったSILVER LINK、携わってくださったスタッフの皆さんも、本当にありがとうございました。
企画会議で「スクライド超大好きなんですよー」と気安く言った結果、「主題歌は酒井《さかい》ミキオさんに決まりました」という連絡がきたときは意味わからなすぎて鼻血が出そうになりました（笑）。スクライドで『漢《おとこ》』を学び、その学んだ『漢』を描いた作品で、酒井ミキオさんに歌を作ってもらえるだけでなく、歌ってまでもらえるなんて、一生残る思い出です。

そして最後の最後にもう一度、この作品の一番の恩人である読者の皆さんへの感謝で、本作『落第騎士の英雄譚《キャバルリィ》』を〆させていただきたいと思います。

10年という長い間続く本作を最後まで支えてくださり、本当にありがとうございました。

また別の作品で会える日を楽しみにしております。

ファンレター、作品の
ご感想をお待ちしています

〈あて先〉

〒106－0032
東京都港区六本木2－4－5
SBクリエイティブ（株）
GA文庫編集部 気付

「海空りく先生」係
「をん先生」係

本書に関するご意見・ご感想は
右のQRコードよりお寄せください。

※アクセスの際や登録時に発生する通信費等はご負担ください。

https://ga.sbcr.jp/

落第騎士《らくだいきし》の英雄譚《キャバルリィ》 19

発　行　　2023年12月31日　初版第一刷発行
著　者　　海空りく
発行人　　小川　淳

発行所　　SBクリエイティブ株式会社
〒106－0032
東京都港区六本木2－4－5
電話　03－5549－1201
03－5549－1167（編集）

装　丁　　FILTH

印刷・製本　中央精版印刷株式会社

ISBN978-4-8156-2167-4
Printed in Japan　　GA文庫

第1位
お隣の天使様にいつの間にか駄目人間にされていた件
著／佐伯さん
画／はねこと
第5位
新作3位
透明な夜に駆ける君と、目に見えない恋をした。
著／志馬なにがし
画／raemz
このライトノベルがすごい！2024
（宝島社刊）
GA文庫から続々ランクイン!!!
第12位
新作8位
不死探偵・冷堂紅葉
01.君とのキスは密室で
著／零 雫
画／美和野らぐ
第11位
ダンジョンに出会いを求めるのは間違っているだろうか
著／大森藤ノ
画／ヤスダスズヒト

試読版は
こちら!

試読版は
こちら!